一行波特萊爾

●吳鈞堯／著

聯合文叢
750

【推薦序】

餘韻

徐國能／臺灣師範大學國文系教授

短文是清晨葉尖的露珠，它是顯示了渾圓的世界，也顯示了清亮潔淨的自身。

村上春樹多年前為雜誌寫了一系列的短文，在台灣出版大約可稱為「朝日堂」系列作品，在簡短的篇幅中甚麼都談，極其平凡的生活中，每個時刻好像都包藴了一番道理。這一系列的作品，還請了村上春樹自言非常崇拜的漫畫家安西水丸來作插畫，稍微對照一下就能明白，安西的圖往往在極平淡中，巧妙地暗示了讓人驚愕或發笑的部分，就像棒球選手流暢地揮棒非常自然地擊中了球心，也許這就是短文的韻味。

我讀鈞堯的短文集《一行波特萊爾》，時常浮現這樣的感受。

鈞堯長年耕耘文壇，嘗試各種文體，在散文的寫作上，除了著名的金門書寫，在二〇一七年已經有了《一百擊》這樣的創作。簡約的形式記述一個人、一件事、一句話或一段回憶；但其實他是將一群人、一個世代、一種集體的惆悵、一股長期積鬱胸懷的深情，全部壓縮在一個字當中。

《一百擊》無疑是成功的實驗，但《一行波特萊爾》則在短篇之中另樹新姿。相對前作，《一行波特萊爾》似乎更加從容與寬和，少了「擊」的那種促迫與猛勁，卻多了一些悠長，一些緩慢的智慧。書中無論是寫家鄉童年，還是中年心事，濃濃的「吳腔」，彷彿就是鈞堯坐在一桌子花生殼前，帶著高粱的醉意與你真誠漫談，語音表情，無一不充滿了他獨有的懷舊風霜。

我緩慢地讀著這些精緻的小品，有時對其中一篇反覆看了數次，才漸漸能明白隱約在清白文字間的許多幽思。鈞堯是敦厚的人，文字中表露了包容心境下的零星的舊事，淡淡的幽默為某些遺憾作出註解。

我一面讀著，一面也想到我自己。我們年紀差距不遠，有許多共同的時代回憶，但我想，他對人生的體會與把握，有遠超乎我的深情。倏忽即來，驟然而止的筆法，宛如蕭邦的前奏曲，各篇獨立，全書又彷彿是一個故事，說的是滄桑世事中仍然晶瑩的心。

歲月是由無數的瞬間所編織而成，每個瞬間都充滿著可嘆、可哀、可惜、可戀，但我總是那麼輕易地錯過了這些。品讀《一行波特萊爾》，想想人生究竟從何而來，又將從何而去？我們的年華似乎遠去了，卻也不曾消失，這些小文章令我想起兒時的詩：

但感傷是微微的
如遠去的船
船邊的水紋……

【推薦序】

波特萊爾的三圍

林佳樺／作家

身型雕塑可參考三圍比例，小品的琢磨也有美學標準——題材深厚、刻面長寬與切工角度。短小不等於單薄，碎片也可折射出天地水火的光度。

吳鈞堯在精緻短文裡展演了集中托高的「波」型。一行波特萊爾蜿蜒小徑不只一行，它會滲透、漫延。如何以六百字營造飽滿圓潤的深邃感？每段以細節動作或是觀點、物件來包覆支撐？

作者深知小品之美如身形，須有曲線，這段已托高，臀與腰則須適度減脂，如〈陸地的魚〉以老父失眠為肌理，輔以他段百歲人瑞、神經專家論點的漂亮輪廓線，收束在體力漸失的父親如擱淺在陸地的魚。

小品身型必須沒有多餘脂肪。不得不說作者寫作歷程如水，《火殤世紀》《遺神》《孿生》史詩小說為其發源，匯入了驚艷文壇《一百擊》書裡的詩化散文，由一字輻輳出行雲流水想像奔放的筆法；而中年「撿詩」後重磅出擊兩本詩集，日日浸在意象凝鍊的詩句中，我們喜見跨界的吳鈞堯在新書中融鑄了自成一格的文風，字句如鑽石切工，細思刻面角度，產生了鑽石般的亮光、火光及閃光。

此書看似行草般隨意，卻處處工筆，一行波特萊爾，藏鋒著千百行人生路。書中有小情有大愛，書寫原鄉家庭情感如〈說門神〉〈木麻黃樹下〉，兩岸觀察如〈兩岸空飄〉，關懷他者如〈氣候少女〉，〈爬行動物〉則對比金字塔尖與底面，〈發源地不詳〉回首新冠疫情肆虐，提及一位作家搭郵輪旅遊，目睹冰山塌裂，吳鈞堯耳聞後，以詩的意象寫出內心某處也悄悄塌陷：「一塊塊巨大冰山，都是地球的眼淚。」〈國小同學會〉〈人生五種球〉則是生活劇場，內容是許多人的縮影，讀者被勾起餘波，說者也兼具觀眾角色，將讀者加帶入劇情和熟悉的情節，營造親密的連結。令人動容的是〈阿河上岸〉〈嫁牛〉流露作者的齊物關懷，愛他人已不簡單，作者心中，萬物也值得被愛。

小品也可以蘊含縱深，雖然無法如長篇散文慢慢舞著長劍，但短匕首是能擊中心窩。回到與書名相同的短文，作者在國中時是「波粉」，天天捧讀《巴黎的憂鬱》與《惡之華》，波氏名言是「錘鍊好詩在不斷挑戰，才能以美學自我驗證。」吳鈞堯是鐵波粉，穿越各種文類來履行文學的自我驗證，在千山萬山雲起中，明白山、水、雲都是路，溝渠、惡水、暗黑也是。

芥子能納須彌，一篇篇的小品在你我心中起了些水紋，匯聚的水便是波是海，是你我的心跳。三圍濃纖適宜的一行波特萊爾，我們看到了超級進化版的「吳鈞堯3.0」。

【自序】

不只是偏安

《一行波特萊爾》是我散文集《一百擊》跟《台灣小事》的延續。《一百擊》側重「隨寫成篇」，當時寫稿時，必須養精蓄銳，說是未曾構思、也可能已經構思很久，凝空望去，看到什麼曲調、字句或者顏色時，馬上撿拾入文，每篇千餘字，以一個字當篇名。

到《台灣小事》，探望的事物不在書房半空，而是隨機所見的大小事物，比如半票、「南無阿彌陀佛」電線桿、電話亭、大盤帽等。我想表達萬物都有訊息，強大或者微弱，不曾用心也就難以看到。

《一行波特萊爾》對我的困難是篇幅太小了，可以書寫數千言的題材，濃縮在六百字篇幅，不免覺得這是意念的浪費哪。收到《人間福報》覺涵法師邀約時，我內心打鼓，暗暗嘀咕，這是強人所為吧。

可能覺涵法師數天後便收到我的應允回覆，可那幾天中，多次掙扎，幸而最後還是提筆，嘗試在六百字中，抒懷我的大小宇宙。覺涵法師是這本小品的催生者。

百來篇六百字小品中，寫了兩年多，這讓我看見過去生命經驗的匯流，不經撥解、不給釐清，它們便只是或渴或滿的片段，它們約莫有三個分歧，一是我的當下生活，比如兒子不經同意貿然養貓，多了意外家庭成員，心生疙瘩的同時，也常常想人、我之間，人、物之間，許多錯過的細微。

再是金門的童年經驗，雖然只住了十二載，卻永遠在天平彼端，與後來的歲月等重，最後是我未曾去過的遠方，雨林、北極、沙漠，不曾玩過的芭比娃娃等，它們予我遼闊想像，尤其疫情期間，甚麼地方都到不了的時候，訊號在遠處，一眨一眨，是夜空中放閃的星群。

波特萊爾是十九世紀法國詩人，我曾讀過他的新詩，憂鬱之作《巴黎的憂鬱》，更是少年不識愁滋味時，常放在枕邊的書籍，日本作家芥川龍之介對詩人曾經語感慨說，「人生真不如一行的波特萊爾啊」。跟前輩效法取經，意在小品文篇幅小，有時候也覺得人生不怎麼需要長篇大論啊。該多高才算高，智者曾言，「雙腳能夠踩著地上，就夠高了」。

這幾年在聯合文學出版多本散文，周昭翡總編輯積極熱情，巡視書店看見我的書籍常分享照片，對書店、圖書館館員青睞《台灣小事》都欣喜安慰，它直到出版兩年後，有時候還偏安新書角落。編輯王譽潤細心負責，雖然因事暫離出版職場，對於《一行波特萊爾》可謂「夙夜匪懈」。接續者倍佐，明明匆促，卻事事詳盡。

徐國能、林佳樺兩位優秀作家的序，獨到精妙，就留給讀者各自品味了。

目次

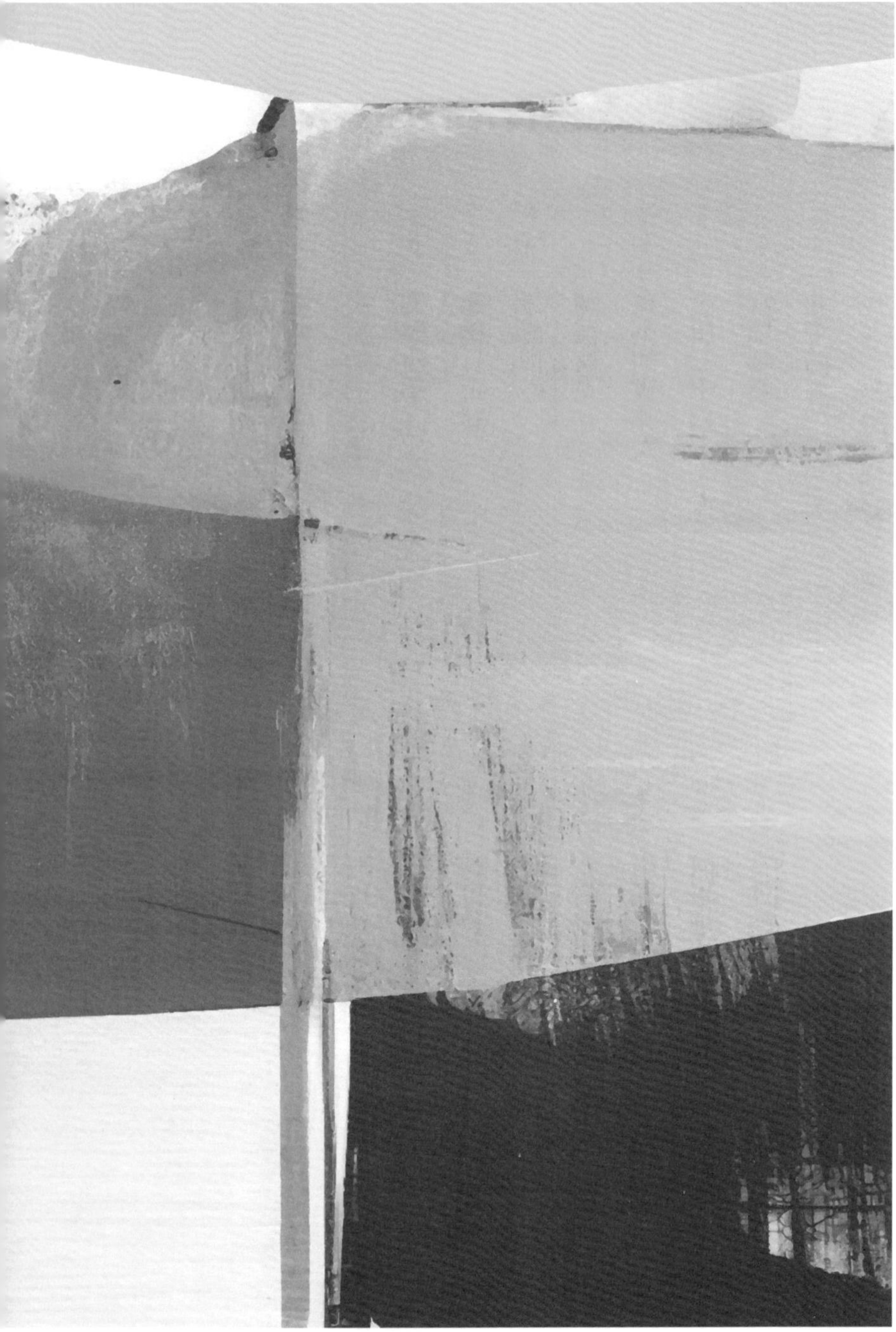

一行
波特萊爾

說門神

門神列左右，秦瓊尉遲恭，隆重些的門板上漆，如老家大廳，武將披戰袍、持兵器，威風凜凜。至於大門，日晒雨淋中，時光威力無比，金身褪色，只能在過年前糊上春聯兩尊。

我問父親知不知道祂們是誰，而不是問他，武將是誰。

蕭規曹隨的傳統容易遺忘淵藪，年節放鞭炮是為了嚇走吃人年獸、壓歲錢暗許孩子常在懷中、一嗔大一吋，不長大該多好。父親能夠靜靜聽我說，是因為他難得轉台，在周星馳不斷點秋香、不停地踢少林足球以後，頻道掙回頻道的道理，留在《隋唐演義》。

宮院鬧鬼，秦瓊、尉遲恭為唐太宗站崗。一將功成萬骨都枯了，李世民登皇位，玄武門之變擒殺親兄弟，何況征戰隋朝，又得死傷多少無辜，冤親債主夜裡找上來。這些故事父親沒讀過，但村頭以前做醮，歌仔戲、布袋戲都好，瓦崗寨群英、半路殺出程咬金，他都熟悉，且能以閩南音感慨地說：「李世民啊……」彷彿找到失散兄弟。

最早的門神還可追溯黃帝時代的神荼鬱壘，桃樹下為百鬼晚點名，逃脫者盡快逮捕回鬼衙。這個神太遠，我與祂們一起回守桃樹，很認真地陪父親看了幾集隋唐，不時補前綴後，一款拔河，把歷史劇拉近再拉近，交給父親。

事物太新，便失去溫習意義，舊的，才能一遍遍述說，還沒發展到該笑的情節，已經知道要笑，難得父親願意看新劇，我費了如此功夫解說，還好只有嘴巴乾枯，期許到明天，父親看隋唐，也能看到他開了又關的，老家大門。

門神，當時默默看他。

阿河上岸

陸地以及乾枯，不適合「阿河」。牠的名字帶水，本該水裡來去。那天，牠與陸地的關係只能算「間接」，一輛貨車載牠從起點、到另一個目的。起訖後來都被虛無了，貨車架子沒繫得結實，或者沿途震動，鬆了，阿河滾落路邊。

一隻河馬病懨懨躺路旁，兩邊水溝如果還有潺潺流水，或能給阿河一個安慰，但枯季已來，阿河臨去前，連耳朵——生靈告別肉身，留下的最後的敏銳，都沒能送牠回家。

闖禍的是天馬牧場，引發圈養動物是否合宜，動物們是否受到善待。我則想像阿河渴望河流與爛泥巴，在起訖間，用足力氣一再衝擊。在人的世界，阿河如同孤島，我知道豁出去的勇氣來自與過去的決絕，我不是阿河，無法用牠的腦袋思考，但牠龐大、噸數不小的遺骸，很有重量地撼動牧場左近的屏東海生館。

該館引進白鯨十隻，看稀有的白鯨不需要下海，在陸地，隔層厚玻璃就能盡收鯨的美妙，牠們的語言、進食以及交配。館方忘了祭拜地基主以及海龍王，白鯨因急性敗血症死亡時，無法變身「黑鯨」，給人們一張確確實實的黑臉。一隻、兩隻、三隻活下，其餘都死光。

阿河恰在此時上岸。死亡數目得以留在七。

鯨魚的語言頻道與人類不同，瀕死前，與誰發訊號都可以。疲憊的阿河聽見，以死亡制止另一個死亡。

那天二〇一四年，我看著新聞報導，感謝阿河上岸。牠救了海。

氣候少女

氣候不是少女的，但她站上舞台，世界看她、氣候看她。

我也看她。瑞典少女童貝里，獲選美國《時代雜誌》二〇一九年「年度風雲人物」，不以可愛扮網紅，沒有背景當政客，不曾含著金湯匙出世，只是勇於站出與當權說話。

我看到勇敢、光彩以及疲弱，看到自己小時候，總是信仰「長大後」。長成川普、習近平等其他入圍者，就能玩權與錢，就能以北京為中心，一帶一路輻射。

高爾競選美國總統失利，轉而投入生態關懷，以世俗觀，他的疆土已達五湖四海，而且更上層樓，連領空都管。每閱讀或想到星雲大師，都會聯想起一個人的力量究竟是雙手，還是大手牽小手，可以繞行地球好幾圈。我常是溫吞，畏懼前路、也害怕自己，所有滑溜無法掌握的，都擔心失手。一切壓到後頭再說，比如「長大後」。

童貝里相信的力量，與少年、青年以及成人都沒有關連，而與雪與她的狗，在雪地遛走。雪地中，消失的不只是細雪紛飛掩蓋的腳印，而可能連雪跡都走不長久。雪地背後，人類升起暖爐，到各地砍伐與燃燒，冒起的熱氣中，行人們多數無動於衷，參與烤火、烤魚跟烤肉，選擇以各種歡樂麻木，不要荼毒下一代，常常嘴邊說說。

大人川普且帶頭，退出巴黎氣候協定，長大以後慾望、誘惑以及盤算都更多了，各人自掃國前雪，忘了地球已快不雪。童貝里這譯音多好啊，除了應合名字，更讓我想到每一個人誕生之際，肌膚都柔軟，正是一朵朵剛剛飄落的雪。

爺爺小事

爺爺嚴肅幾乎不笑，沒有板著臉，但也不是面無表情，而是發生了什麼都好。所以中共單號砲擊時，我不曾在防空洞見過他。我懷疑記憶真偽，不久前問了爸爸。

父親說，爺爺在砲擊晚上，會在三合院的廂房平台上晒芝麻。父親語氣不容懷疑，他裝在腦袋裡的東西能一件件攤上茶几，哪一個前、哪一種在後，儘管亂如黑子、白子，還能從容述說。

為什麼是芝麻呢？可能季節到了，可能爺爺還有晒別的，但父親就記得是芝麻。砲彈拖了明晃晃的惡意劃過夜空，老人獨坐三合院屋頂，應該還點上幾支菸。而防空洞內，我坐在二伯父面前，學他舉拇指與食指，捉摸燭火。動作太慢會燙到，太快則顯得怯懦。老人家在屋頂看砲彈、小孩子在洞穴內演練手技，火的兩個點便點出意思來。

爺爺長足表情那一天下午，我沒有缺席。他彎身抱起堂哥兒子，沒有紙尿片的年頭，用布塊難以包覆小雞雞，才抱起一道尿液沖天、再撒下。

他呵呵笑，臉頰流著不知是淚水或尿液。三點鐘太陽在我老家三合院，正好陰陽對半分，被陽光照耀的庭院、廂房、廚房是我家，蔭影下的庭院、廂房與廚房是二伯家。爺爺慣常午睡後坐進蔭影中，不泡老人茶、不吃零食，沉澱為屋宅的一件衣裳。

我敘述給姪子聽，是他讀小學時，他滿臉興奮，尿灑阿祖這事不是人人都有。我羨慕爺爺的這一天，不被尿液噴著的其他天我也羨慕。我暗中想成是播放的唱盤，一個老人與一生。爺爺坐得鎮靜，我說與姪兒時，便看見他還坐著。我們的嬉鬧不曾打擾。

他便坐成一只唱盤，同時也是唱針。

奶奶小事

我佩服奶奶記性好，跨越台灣海峽，在擁擠公寓中找到我們。她來述說一個夢，「墳頭裡，好冷啊……」地下水流經墓穴，奶奶睡不安穩。半年後二伯母偕同法師處理了，她的語調一如生前緩慢、有氣無力。每一個音都仔細磨過，沒有磨好，產生氣音，頭髮分岔般越往後牽絲的證據越薄，但始終表達了她的頭髮。

奶奶難得情緒激動的那一天，我也記得清楚。源起是一條牛，在踐踏花生田、吃食好幾株花生以後，警覺這款人生美味，很可能有違法嫌疑，留下被擠壓而歪斜的欄杆。

村裡頭都是泥土路，踏痕複雜，奶奶派遣我也沒有用，我跟隨幾步，再也找不到確鑿蹄印。奶奶霸氣十足地站在住家前微微隆起的土坡，用她單薄、分岔的氣音，罵著沒有管好牛隻的人家。

估計聲音無法傳播太遠，不能只擇一處罵，而有第二處、第三處，而且越罵越上手，到了最後那幾回，連抑揚頓挫都不含糊。

我跟著她到村頭唯一一座只有一個籃框的球場，她背對夕陽，盯著眼前都有可能的嫌疑犯。村人馭牛逐一經過，人的影子被拉得很長，牛的影子偏向圓，不時還有兩隻犄角左右移動。栽植在碉堡上的仙人掌，變成影子以後，就沒有那麼刺了，炊煙漸漸升起來，柔白的煙與金黃夕陽搭配得輕盈好看，歸鳥也來廣場投影，只是太快了，連我都來不及捕捉。

日頭更西，奶奶的影子被拉得更長，讓人誤會她是巨人。她站上為了修路或修葺屋宅，暫時放置的花崗石上，進行最後一罵。已經消失的餘暉，再度打上她的臉。奶奶凹陷的雙頰竟有那麼一個剎那，飽滿了起來。

晨泳時分

我有位廚師朋友小為，因為食客眼尖且好奇，問她可有姊妹。她搖頭，不相信三人成虎，自個兒身世當然自己靠譜。後來在有心人促成下，姊妹相認，小為是雙胞胎的妹妹。離奇如書，爆表為新聞，我更好奇，什麼樣的食客南北通吃，搓合團圓靠味蕾？

故事拼湊起來。小為父母沒有孩子，奶奶於南部鄉村找新生兒，在海風與春燕之間打聽，靠傳言與信誓旦旦一步步走進緊閉的柴門，一個人走近一個人，緣分以外，常常也需要誤會。奶奶與小為見面，衍生兩人的祖孫緣。

二〇〇三年，有夥年輕人闖進關閉的沙崙海水浴場晨泳。天還沒有開，淡淡的霧靄海面上徘迴，他們期待日出，跟沙灘守候的攝影師一樣。事情常有意外，攝影師沒拍著海鷗獵食、夜鷺以單腳站立礁石，幾個年輕人如水鬼，海面冒出一顆顆頭來。

沙崙沙灘不平靜。曾是中法戰爭喋血現場、鯊魚經常出沒，因經營不佳、海域危險，一九九九年關閉。金黃色沙灘入夜後，藏匿宵小，以及越隱藏越甜蜜的熱戀情侶。明令不宜的沙灘，我們從剪破的鐵絲網鑽進鑽出，不用門票。

我沒有遇見晨泳的人以及攝影師。他們相遇了，在一張及時、也是吉時拍下的黑白照片。它成為線索，十六年後某聚會相遇，驚訝地說起那一天的天，暗沉之後，旭陽無比紅豔。

我在報紙上看到他們。回想著青春遺落時分，一道鐵絲網如何限制了我，但又留給我抹滅不去的沙灘腳印。

畫的裡外

拍照不拍正面，背影為主，搭以顏色與姿態，這是奧地利攝影師卓司晨（Stefan Draschan）的執著；長期守快門，只為了人與畫偶遇的瞬間。

有一張畫，主角福態滿滿，著黑色長袍、穿黑鞋，側身面露無辜，肚皮幾乎頂出畫框，與潘安相去甚遠，不知道何以雀屏中選，成為畫家臨摹的對象？十六世紀的胖子，老實地注視前方，雙下巴厚到前胸，身軀肥胖手卻細瘦，宛如老榕與新枝。

幾百年後的畫展上，一個胖子穿搭雷同，側身、也露出圓滾肚子，宛如畫裡主角走下來。卓司晨按下快門。畫，是一個定格，還是一款漂移，等我們與它合謀，融入畫裡？

少婦穿春裝，淡藍與綠都是一朵朵捏花的雲，靈動與韻致並陳。衣裳的設計不是偶然，二十一世紀的設計師與十八世紀的畫家，走進一樣季節，見證春天以同樣的色彩，寫它們的繽紛。少婦站在畫前，也像站在畫中。

攝影師卓司晨等。等，旅行者站在畫前，成為他的作品。畫中人經過挑選，一筆一畫成為作品，他的攝影只能偶然發生，孤獨等待一個巧合，卓司晨與他的時分搏鬥。

我讀畫、讀卓司晨的作品，以及他對瞬間跟永恆的定義。不由得以為背後有人，竊竊私語我、以及我遺留的生活證據。那些曾經帶我走的悲傷、再把我留下的悲傷，可能，都還是快樂的成分居多。

我回頭或不回頭都好，畫的裡外都是一天。

木麻黃樹下

回故鄉，一件要緊事是聽木麻黃。聽它說，聽它嘆息。有一次，車過環島南路、藍天戲院旁，停車，看地上木麻黃，我忍不住想像，以前耙草的舊時光。幾個長鐵釘被拗出弧度，收束在一把竹竿上，渾似《西遊記》豬八戒的釘鈀武器，只是我們不打妖怪，專門對付地下枯葉。

多少個童年時光，不分上午、下午，我為落葉出發，尋常的道路兩旁不見落葉，已被早來的村人耙走，我獨自前往冷僻山坳，木麻黃、相思樹以及松樹是常見的樹種。木麻黃防風是金門主要的樹，落葉豐盛，松葉的燃燒力道最強，不過它也凶險，葉尖銳利，而我為了可以帶回更多，不斷把麻袋塞了又塞，拳頭留有不少刺傷，扎得深的還微微滲血。乾燥的松果尤其具備內涵，一燒再燒，才能燒成灰燼。

我耙起木麻黃落葉，一節一節拈。它們斷成一條一條的線。我知道這些線，成為我的火，也畫成我的舊地圖。

幾回與堂嫂聊舊事，一個感嘆是現在小孩好命，不需要耙草了，以往樹幹底下空空如也，而今豐厚累積，我每每衝動為它留步，堂嫂也是。時代已經過去了，落葉們此刻沉睡，我留在樹下聽木麻黃，聽它為我哼唱，永遠不變調的咻咻聲。

我因此聽出不同樹種的聲響，竹子喀拉、相思樹譁譁，每一種葉脈、葉尖與枝椏，都有它們與風的密碼。每一款樹種亦都有它們的蟲，相思樹是黃色、松樹最可怕，是毛茸茸的黑蟲，木麻黃則由空降部隊占領，常在樹下看到蟲群啣一段長絲，冉冉飄搖。

我不知道，它們是為了擺盪，還是為了降落。

嫁牛

以往閨女出嫁，絕對不能擺出欣喜樣子，還得哭哭啼啼，萬分不捨娘家，以眼淚為繩綁住萬千結。台南真有一條牛學會了嫁女場面，老農為「退伍」的老牛戴上花圈，新聞畫面上，兩老各自含淚，載運的貨車端滿牛喜歡的綠葉、乾草，可是牛揚頭、再揚頭，就是不肯上車。

老農安撫牠，如爹娘安慰閨女，「放心到安養院吧，我們有空會去看你的。」牛有靈性素來有聞，僵持了一陣才上車。

我們也曾經把一條牛送上車。前一天，牛似乎感知命運，大大的眼睛烏靈靈，噙滿淚水，一眨一眨，淚水竟流了下來。貨車也擺了草料當嫁妝，外緣架上大片木板當樓梯，把牛牽到這裡牠便自己踏上去了。我目送貨車離去，老牛轉過頭來，看著牠待過的家園。

獸力耕種年代，牛是農戶的寶，小時候我最重要農務是餵養牛。牛綁在屋後，我提著裝滿清水的桶，擱在牛旁邊，牛看了我一眼低頭喝水，動作輕緩鬍鬚入水，再抬頭，鬍鬚滿是水珠。低頭再喝、再喝、再喝，晶瑩的水彷彿無比甘甜。

春、夏以及初秋，山窪以及野地，雜草茂密，我在上午牽牛外出，選一個草多之地，把韁繩綁在樹幹，或者拿顆石頭，把連繫韁繩的鐵釘搥進地上，到了傍晚再牽回。黃牛個性溫馴，我曾坐騎其上，牛一步步走，我一步步顛，雖不舒服，卻是威風無比。

牛，也有放肆的時候，掙脫釘子或韁繩，踩踏農地，啃食地瓜藤跟菜園，受害的農戶不知哪一家的牛闖禍，只得站在村落的高處，大罵疏忽的農戶。二伯母嗓門大，站在門前緩坡，一放話全村都聽得到。阿嬤個頭小、聲音嬌，只得分站幾個點，沿途去罵。

阿嬤罵街非常新鮮，我趕去受害的農地，見著受損狀況，不由得想，牛在闖禍的那一刻，想必頑皮如三歲的幼童，而當牠咀嚼地瓜藤跟四季豆，品嘗美味，想必內心無比幸福。

我看著新聞畫面的台南牛，想起與我相處的金門牛，不禁喃喃祝禱，祝你幸福。

年畫娃娃

要吃胖，理由百種，疫情嚴重隔離，沒事就是吃；解封後聚會，有事也是吃，幾位朋友把自個兒吃成年畫裡的娃娃，慈眉善目外，腮幫子不含糖也嘟嘟的。「哎喲，多可愛啊。」我忍住要捏臉一把的念頭。

對年畫娃娃記憶深刻，肇因初一、十五以及其他祭祀，我聽從母親指示，跪在香案前，母親立在我身後舉起我手掌，邊祈求邊說，老天爺保佑我們家弟子吳鈞堯身體健康，吃百年，長壽命。母親的祈禱語不會只有這麼短，聲音嚶嚶嗡嗡，如一隻細蚊，人們跟神以私語溝通，且以低卑的姿態表達虔敬。

身形愈長愈大後，背後可以容放母親的位置也愈來愈小了，有時候焚香禱告，我會想起曾經立在背後的身影跟她的溫度。而後，母親站在我孩子的後頭，雙掌合十，緊貼孩子的手，再喃喃禱告。

母親禱告詞似較往昔長了許多，以前她是母親，上有父母兄長、旁有丈夫、下有兒女；外婆外公、阿公阿嬤入仙籍、當了神，更得保佑後代子孫哪。丈夫、兒女之外，母親且多了外孫、內孫，要唸完一連串的名字，更費時間。往者雖逝卻未弭矣，陳列在仙界、佛界以及人界，依然被母親深刻惦念著。

廟裡頭沒有年畫娃娃，但我總想像他們是在的，孩童們膚色如蘋果、胳膊如飽滿的糖糕，讓人歡喜孩子又胖又健康。尤其我小時候又黑、又乾且瘦，如果可以偷偷換過，該有多好？

當年沒有換過來的，現在已悄悄偷換。「好意思說別人，不自己照照鏡子？」

無論是哪一種「吃」，我都沒有放過，時間記錄一切，我們都成了年畫娃娃。

爺爺的鍋貼

回金門一定會到莒光路。它是金城鎮重要的街道，市場、商店、小吃在這裡，名聞遐邇的貞節牌坊古蹟也是，小三通後莒光路成了大陸街，香菇、漁貨、衣物等，擺滿店面。

到金城，都得「盛裝」，穿上較新一些的卡其制服。爺爺常帶我進城訪姑姑，一次留宿竟沒有棉被，爺孫受凍一夜，隔天才說，姑姑又氣又笑，當笑話傳了好一陣子。今昔之間，街景與路最容易改變，我已經找不到曲折之間通抵鎮中心的小路，它像尋寶祕徑，消失不見，讓它本身更夢幻。

我停機車在貞節牌坊附近，看看「金馬照相館」、「鍋貼大王」，還在不在。莒光路是我童年美滿豐富的大街，它擠滿了人，花的綠的衣裳高高掛滿商店樓房，矮的胖的老的少的都走在街上，指著玩的喝的用的議論紛紛。水果香、鞭炮硝味跟烤香腸的焦味，混合出一股非常足滿的味道，市集在玫瑰色的氣流裡流動起來。

我走進「集成」鍋貼店，點了鍋貼跟湯，問老闆還有「鍋貼大王」嗎？他說，「鍋貼大王」早就不做了，補充說他們的鍋貼料好味美，也是老店。晚間，走在莒光路，行人三三兩兩，燈光有昏有暗，我走在參差的記憶上。

鍋貼大王是我跟爺爺的最愛，告別姑姑、婉拒午餐，實則在此報到。爺爺願意帶我，必定是我的饞樣驚人，熱呼呼的鍋貼上桌，我謹記不能先爺爺動筷，忍著時口水咕嚕，肚子裡頭有一隻蛙。而今牠產卵、孵化，跳啊跳，跳上莒光路。

鄉愁類似肚子餓，呱、呱、呱……我終於等到爺爺夾起第一粒鍋貼。

迷蝶南北

入冬到隔年二月，我每建議遊覽金門的朋友到面對廈門的北海岸，夕陽漸沉前找據點。鸕鶿晨起覓食，夜晚歸返，天空畫畫、寫字，不用顏料而以飛翔姿勢，一條線、一款魅影，黑得華麗而神祕。

約莫同期間，高雄市茂林發出紫蝶令，二十萬紫斑蝶彼此約好了，於大武山荖濃溪支流溪谷過冬。隔春蝴蝶北返，專家指出路線，茂林起飛，邐迤月世界、嘉義達娜伊谷、雲林林內鄉、彰化八卦山、台中大肚山、苗栗火炎山，再到新竹竹南，茂林邀約愛蝶人，發起「舞蝶追蹤」、「賞蝶愛相伴」等活動。

蝴蝶、鸕鶿天上飛，還是攸關人間事。二〇一九年冬天，紫蝶生育保育協會發出一份振奮宣明，九月間，一隻從苗栗飛牛牧場放飛、標記「FC922」的斯氏紫斑蝶，蝶蹤乍現茂林瑟捨谷，成為第一隻被發現南遷的紫斑蝶，飛行至少一百七十三公里。

蝶南、蝶北，蝶道成為作家吳明益的《迷蝶誌》，我等不知曉，看不出精細，只能以紅、黑、顏色與大小，判斷我可曾看過牠們的前身；當時蜷縮枝葉，進食再進食，養得胖胖後結蛹，為來世準備。

我應邀於飛牛牧場擔任駐縣藝術家已好多年前，如果我沒見過「FC922」，該也見過其他密令蝴蝶。

我想起認識的重慶姑娘，三十未滿，待過歐美、甘肅、北京與沿海，遷徙幅度還在擴增，飛來台北國際書展，為我打開一本書的扉頁，介紹她是誰。我們是人也彼此是蝶，成為候鳥或留鳥，彼此難揭曉。

如果是蝶，我肯定是黑胖的那隻。書，作為過冬的幽谷，倒是不管我們的美醜與體位。

反對天空

經過金廈海峽大膽島，能見「三民主義統一中國」字樣，口號成為照片背景，遊客興奮與之合影。歷史都將是今天的背景，苦的、傷悲與憂愁的，都一一記憶與記錄。遊客上金門島，非看不可的翟山坑道、蔣介石「毋忘在莒」刻石、落成數年的和平鐘紀念碑、金城與瓊林的地底坑道、以及專設望遠鏡，得以觀測廈門的馬山觀測所等，都是知名戰地設施。

當金門是戰地時，整個島都肅殺，我老家昔果山，三合院後邊的土坡下，是兩棲戰車基地，挖空的山壁藏了數不盡的彈藥。村落中，幾戶人家共用防空洞，靠海的坡地上，鐵絲網密布，挖得又寬、又深的壕溝用來抵擋戰車入侵，海邊常見四十五凸斜的鐵樁，名叫「軌條柴」，以鐵軌灌注在水泥樁，立在海灘，預防可能的登陸攻擊。

除了作為景點的坑道之外，民間的戰地設施漸漸不見了。防空洞多消弭，鐵絲網撤除，我記得以前耕田時，牛碰到水泥樁，都得小繞一段，小時候不知道那是什麼，為什麼立在田埂中，增加耕田難度？於是馭牛耕田，彷彿考駕照。後來知道那叫做「反空降樁」。

據說，美國將領巡視戰地金門，看看海灘、瞧瞧沿海軍事布陣，再張望漠漠藍天，警告地說天空這麼大啊，如果開飛機，以傘兵攻擊，不就危險了？於是遍地架設反空降樁，樁頭插上磨得尖銳的鐵條，妄想中共傘兵跳落時，架得高高的鐵條猶如刺刀，可以制敵於空中。

我慶幸，反空降樁除了妨礙牛的耕田，不曾傷著任何一個無辜的人。

兩岸空飄

有一年擔任某報社小說評審，一篇作品敘及大陸少年窮追金門的空飄氣球，希望奪取載運的物資。窮困年頭，天空而不是地上長出果實，哪能放棄？少年奮勇搆著纜繩，可惜營養缺乏，肉體沒有獲得饋養，沒有攬下物資，反而跟著氣球飛走了，鄰人果敢尋來，最後是在土匪的巢穴中，找到遇害的少年遺體。

又一次參訪活動，巧逢施放氣球的退役士官，他說趁夜黑風起，施放文宣氣球，氣勢不輸平溪天燈，但沒有騷動的張望，只雙眼肅穆相送。高飄的東西，彷彿都是寄望，氣球、飛機、太空梭、低軌道衛星，一個比一個高，也去得更遠。不知道士官施放的物資，是否恰巧飄成少年的希望，繼而為它喪命？

我也曾經擋露水、走小徑，撿拾中共傳單，禁不住好奇多看。杭州、上海、紫禁城，泱泱美景……我心裡暗啐，都是騙人的呀，老師說可憐的大陸同胞，只能吃香蕉皮、啃樹根。後來我到大嶝島戰爭紀念館，陳列的英雄事蹟，正是暗潛金門，摸殺了無數的士官兵。

兩岸關係，戰時與承平時期都如躲貓貓，人與鬼若見了都是將軍。我還聽聞戰爭時，軍艦無法靠岸，老母機飛過金門頂空，空拋醫療、食物等物資，一個少女不落人後，為父母、為弟妹搶物資，可惜物資無眼，無法分辨敵我，被高空落下的麵粉袋壓死。

歷史的客觀敘述總需維持史家風範，無情無緒、不痛不癢，人命的得與失終歸偶然，我卻讀得泫然淚下，為一個抬頭跑步的少女，以及她來不及揹回家的麵粉袋。

爬行動物

「爬行動物」。瀏覽主計處公布二〇一八年，受僱員工全年薪資額度，這詞彙，首先爬了出來。

半百減九，每月平均四萬一，這是中位數，全台近四百萬人不及平均值，最慘的行業是住宿餐飲，以及我長年側身的藝術娛樂與教育。古有明訓，女怕嫁錯郎、男怕入錯行，那些「怕」現在多數不用再怕，有學經歷可以當修正液、有更好的經驗值可以辨識更適合的另一半，一切都已經發生，可以整理過後再出發。

我難以忘記曾經的「爬行」，玫瑰之夜編劇、平方不動產文案、歡熹出版社總編輯、時報周刊編輯、幼獅文藝主編，以至於離職了、我的繼續爬行，只為了在中位數之間浮動。不用滿意、也不失意，常感謝八方功德主，給我一點社會的紅利，尤其看到那些真正在地上爬行的人，捧一支碗，眼神又怨又得是甜，不免掏出口袋的零錢，儘管有人勸說，爬行的站起來，搭乘名車，出入酒家。

主計處說了，最好的「薪情」屬於「電力及燃氣供應業」，我不羨慕，高高在上、年薪百萬，也還得在地上爬，拉管線、接地氣，可能還得常常跪下，為了一顆難鎖的螺絲。

「金融及保險業」成長兩成，跑得最快，作為全民的帳戶管家，多拿點無妨。高與低如以往，分頭跑，富的越富、窮的也是。

爬啊爬啊，靠近理想數字，是我跟許多人的共同願景，但期許站起身，量量身高與體重，夠了就好。

發源地不詳

新冠病毒燙手沒有人要，不像拔河、端午節等，被韓國搶走，申請世遺成功。新冠病毒被稱作武漢肺炎，WHO擔憂病名歧視，花了好大力氣為其定名。不詳猶如棄嬰，病毒起源武漢濫捕野生動物？真的從研究室不慎帶出且散播了？武漢人一度堅信那是美國大兵帶進來，謠言風聲鶴唳時，歐美仍無病例，咬定病毒是白種人暗謀，專門對付黃種人。兩個月後冠狀病毒便在歐美開疆闢土，米蘭、倫敦、巴黎、紐約等大城都緊閉門戶，這才解釋三人成虎。

如果疫情漸弭，我擔心會是世界爭端的開始，病毒從何而來？誰讓病毒戴上政治色彩，導致親友無故亡去，荒謬、離譜，更勝好萊塢科幻片。

《人間福報》曾經有個醒目標題「冰川融化，拉近與病毒的距離」。極地的冰川與都會生活何干、與死亡有什麼連繫？研究顯示，中國大陸青康藏高原冰川冰封一萬五千年前的古老病毒，本來不見天日，但因氣候暖化再度露臉，二〇一六年西伯利亞炭疽熱殺死兩千多隻馴鹿，禍首很可能是凍土層融化、曾經染病的出土馴鹿。這不正是《美國隊長》第一集情節？只是不舉盾牌，而持無形無色無味的矛。

很多電影劇情是往太空與地心探險，最後並沒有找到香格里拉，而喚醒沉睡的惡魔。而今的世界每天都在《猩球崛起》，而且《全境擴散》，而遙遠的極地，作家賀婉青曾偕家人搭郵輪，沿途拍攝冰山壯麗，正巧目擊它們的塌裂。

他們忍不住驚呼。一塊塊巨大冰山，都是地球的眼淚。

八二三夜行軍

我參加過一次「夜行軍」，在退伍之後。二〇一三年八月，金門國家公園為紀念八二三砲戰，號召民眾參加。潭美颱風引西南氣流進，我抬頭看天，若不注意，很難看見雲與天的層次。天，白漠漠當底色，烏雲淺一點，雲絮於上流動，快、輕、薄，連嘆息都比它濃。

烈日時到金門，樹與作物無法遮蔽。天畫弧。無論向東扯、往西推，都是大大一個弧。彷彿有一個不解的曲度，守在不變的天底。晴天夜，星群逐一點亮，伴著月弦，不同的光譜謎樣的密語。

夜行那一夜竟變化無端。初始大雨，雨後的樹水珠掛滿。無風，水珠該靜靜懸掛，忽然急急灑落，我悄聲搭孩子肩，該不會是軍鬼吹不動哨子，只好集眾鬼氣力蹬踩樹枝？

行程從後埔小鎮出發，到達八二三砲戰和平紀念公園。我與孩子下午剛剛騎車經過。

當時，和平鐘左近闃靜無人，我跟孩子說，不要只看到戰車的鏽、碉堡的空、渠道的乾，而要想像戰車驅動大砲，遙指天，轟隆一聲如雷鳴。紅光帶火，火光帶紅，寫滿了一身的「兇」。戰爭歲月，沒有黃道吉日。還得想像碉堡擠滿士兵，一等、二等與上等兵，少尉、中尉以及上尉，他們階級不同，命運都串在一塊了。

孩子沒有應允我說的，倒是門板無風自動，輕歎一聲彷彿點頭稱是。而今入夜了，改採徒步而往，是謂「夜行」。

是颱風攪局，抑或群鬼努力要捎給陽間訊息，陰、雨、晴不停交換天氣，且更常暴雨，這極可能是群鬼的溫柔，以雨水代替火，說明那一夜啊，人們與土地的種種承受。

浪與掛鐘

二〇二〇年冬，我邀請美國歸台友人嚴筱意一起踏訪金門。她寫作，回國領文學獎、躲避疫情，並且積極踏勘父親留駐之地，料羅作為一個港口並無殊勝，但作為父親的飲食起居，看一眼也是安慰。高雄、料羅兩港之間，是她父親的浪頭，她小時候想念父親之際，母親或曾如此告知，「爸爸在海的那一邊想你喔……」

我的料羅自有思緒。海的可怕，在它是阻隔而不是一座橋。因為戰爭，很多金門人遠去，他們的姿態決絕，彷彿永不再歸。因為嫁娶，很多人偶爾來回這個島。小時候我默默看著戰爭跟我，跑到屋後看海，看不同的軍艦，一如看著人生，剪影來、剪影去。眼力好的村人能從艦艇型態，判斷何為航空母艦、哪一艘是登陸艇或者貨船。

過年前，更常往屋後的緩坡跑，眺望群艦，想像姊姊們搭乘哪一艘軍艦，歸抵料羅港。在那之前，姊姊們只能以書信告知約略的船期，彷彿遊子歸鄉，也成了國防機密。

後來，我從料羅灣離開這個島，扶著欄杆，看著小島漸次被浪、被天隱沒。那年我十二歲，搭乘的軍艦叫「萬安號」，上岸了，陸地如海仍在搖晃，第一次親見火車，搭乘它北上遷居三重。我以為機械是不死的，沒料到「萬安號」軍艦跟柴油火車，一一除役與退休，只剩下我，還留在它們的胃納中，聽著秒針，在我體內滴答滴答響。

我們一夥人沿外堤遠眺料羅灣，我讓朋友獨自走一段，讓她與她的思緒一起走遠；海濤如秒針，在她童年的牆上，有只掛鐘數著，父親回來的時間。

線外的線

海平面多了一條線。刀一樣，割開海、晚霞跟夕陽，童年景觀從此決裂。

某次參訪，作家蔡素芬於座談會，談成名作《鹽田兒女》。鹽還能晒、被快速道路切斷的天空不會回來，那一條剛硬的線讓我想到海岸線，在各個時間點，它們的風景以及失去的風情。

我的金門故鄉昔果山，往昔坑壑多，地形起伏適合各樣鳥居，以及抓蟬與金龜蟲等童年頑皮，從好處說，坑谷被垃圾餵滿填飽，是犧牲小我、完成大我，從壞處說，利益掛帥，坑谷底部黑色細流冒臭，直截地流向大海。那座討海人當作靠山的海。

蝴蝶效應不只是人與人，人與動物也是。澎湖望安島居民，早年撿拾岸邊落葉當柴火，改用瓦斯以後，不再撿拾，落葉成為馬鞍藤養分，長得肥壯，阻礙綠蠵龜上岸產卵。少數龜越過障礙，孵化的小龜無以攀越，烈日曝晒，至死都不能靠近海。綠蠵龜若就近於海灘產卵，沒有足夠的溫度與保護，浪一來，打翻安置的蛋。

溯源劇變，答案是瓦斯，家計改善，沒有人再需要拾草當柴。「耙草」經驗我有。拿兩個麻袋、耙一隻，沿路耙彷彿清道夫。落葉沒有跟我約好，晚到了，草都在他家廚房，現在回家看到落葉豐盛，一顆心興奮如少年，只是目前耙了，卻是沒有灶可以燒。

專家為綠蠵龜清道，讓牠們上灘，順利繁衍後裔，劃開夕陽的那條線則還在，車流呼嘯、晚霞依舊，但多了一條線，讓天空永遠裂開了來。

野火喜鵲

喜鵲鳴聲嘎嘎，類似烏鴉，飛翔時全然不同，黝黑軀幹為核心，白、藍綠且著點金屬螢光。牠繁衍快、分布廣，牛郎織女七夕會，喜鵲八方來，銀河搭得快。

與孩子多次緩步，看牠們在金門翟山坑道外，選最高的枝椏，啣樹枝、鋼筋，混搭成窩。我跟孩子想像，住東窩舒服、還是西巢幸福？也給喜鵲坐南朝北，用人類的目光量測許多回。

澳洲野火自二〇一九年九月延燒，我跟喜鵲一樣，都在揣度怎麼飛渡？熟悉的綠野燒得乾枯，火花劈哩，帶起的氣流不同季節風，棲息的樹，無論是哪一種而今都是威脅；與火盤升、軀骸已灰，太陽難辨識，喜鵲的嗅覺有一點點迷糊。

喜鵲把消防車警鳴與滅水劃上等號，出現了不可思議進化，一看見大火便發出警笛聲，孩子說，「喜鵲屬鴉科，被火逼成鸚鵡。」我想起聽過的笑話，鄉下人進城，見水龍頭一開有水，很是驚奇，買了只回家招來鄰居，說要變魔術，插水龍頭入牆面，留神看了，待會扭開水就來。

鄉下人誤以為龍頭有水，是龍王施法，喜鵲該也以為，喔咿喔咿響，水就來。喜鵲會失望嗎，在像神奇寶貝一樣進化後，沙塵依舊遮掩天。喜鵲沿季節飛渡的冰原，黃塵綿亙萬里，已變成陌生的沙漠。

沒有日夜之分，火燒處天光橘紅，氣候變遷讓野火惡化。氣候極端常是城市的話題，我與喜鵲隔萬里，不敢問牠幸福的事。來年七夕，如果鵲橋缺柱角，該是野火的緣故，讓喜鵲缺席今年的神話。

蟬回首

被吵醒那天，以為大雨淋漓，轟轟作響鑽進窗隙，可天光微亮，縱有窗簾遮掩，仍洩漏這是一個好天氣。果然天好，再開一小縫窗聽仔細，惱人清眠的竟是蟬聲。像被小孩拉著下床陪伴玩遊戲，起床氣也消了。

我的長篇小說《孿生》中，蟬被我引申為陰陽兩界使者，它的咧咧聲可以承載思念，這與蟬蟄伏多年才得羽化有關，不僅神祕也具備神性，還一個淵藪是我對蟬懷著深深愧疚。

一九九三年偕朋友上北京。王府井大街燈影飄搖，小吃一道道，眼撩亂、心慌忙。朋友看到炸蠍子，又好奇又鄙夷。我當時想，吃蠍子恐怖嗎？那麼，吃蟬呢？不需鹽巴、花椒或檸檬，只需要灶一個、蟬數隻，在微溫的灶肚裡，翻動柴灰刮扒出蟬時，牠全身焦躁黝黑，蟬翼灰飛湮滅，只剩蟬體渾黑結實。不吃腳，也不食肚腹，撥開蟬的背，那黑黑的兩面背歷經酥烤，一撥即碎，肉，僅小指指節大小，卻液豐味爽。

麻煩處在抓蟬，還好我的村落昔果山，蟬盛產，只要高粱桿一支、塑膠袋一個，就沒困難。蟬幾乎都悶不吭聲，讓牠自己燃燒，完成一個孩童吃的慾望。那是我的窮苦少年，吃食的慾望如此強烈，看見有錢人家含糖吃、啃雞腿，我的肚子裝滿自己的口水。只好瞄準向蟬。

我不曾再抓過任何一隻蟬了，有時候路邊看見老蟬行動蹣跚，瀕臨死亡，我移動它們到草叢深處，希望隔天得以露水餵養。傍晚散步溪邊，深處蟬聲稠密，看不見蟬影，倒是有幾隻孤蟬，棲息臨溪相思樹，他們透明羽翼、黝黑身軀，一如往昔。

久逢老友般，我在樹下聽它唱曲。

麻雀啊麻雀

麻雀不惹人疼惜，太多、太尋常，而且吃稻吃麥，吃一切農夫辛苦耕種的作物。阡陌之間，多少稻草人綁紅頭巾迎風張揚、舉高雙手還可能扛支草紮的鋤頭，都為了嚇退麻雀。文革缺糧時代，且有農家小子弟分批驚嚇麻雀，讓牠們無枝可棲，希望鳥禽餓昏、渴暈，從半空摔下。

人與鳥為一口糧食，征戰不斷。鄉野間，常見農家以魚網圍住農田，原始目的或為了圈界、或防止牛隻闖入踩踏，意外結果是成為獵網，麻雀、燕子、八哥、斑鳩等，誤中陷阱掙扎不已。

提這麼多鳥的聯想，是因為看到無人機充當保母，按時送食物，給單親的禿頭鷲，想起我做過的荒唐孽。事發在以色列，禿頭鷲因為都市化，覓食地減少，有時候則意外誤食中毒。報導中的鳥媽媽則捲入電線叢而亡。單親的鷲爸爸無力撫養稚鳥，保育專家發現後，結合軍方，花時間訓練無人機操作技術，搭載食物飛升崖壁。飛行過程必須安靜，不驚擾其他鳥禽，還要精準投遞食物。沒有生命的機器，因為操作者充滿人道，變成「無人機媽媽」。

鳥，尤其是麻雀在鄉下，太平常了。牠們棲息宅後木麻黃，幾乎站滿每一根枝椏，旭陽在密密麻麻的聒噪中升起。我常頑皮潛入山溝，爬上樹探幾顆鳥蛋，有一回竟逮到剛學飛的小鳥。

麻雀被我帶回家，鳥腳綁一條棉線，與三兩玩伴嬉鬧，逗牠又飛又停。牠一度摔著，嘴角帶血，我那麼小，還不懂得疼惜與同理，還要蠱惑牠再飛就能逃掉喔……

牠沒有逃走，到了何處我也不知道，最可能的是野貓狡獪，趁隙叼走。

從此，我的心頭就立了一隻麻雀的碑。

肉身與銅像

二〇一九年七月三日，自強號火車如以往進站。車廂內風暴醞釀，一名乘客拒絕驗票並且咆哮，列車長舉報，警員李承翰接獲消息，在嘉義站上車查看。其後的畫面我們都看到了，鄭姓男子遭受雇主以及友人不公平對待，無名火磨成刀尖，在李警以無線電通報時，拔刀，刺向他的左腹。

一切來得太快。亮刀、刺入、鮮血流。不能再讓兇嫌逞兇，李警以負傷身體架住高壯的現行犯。李警如果順勢而退，傷不至於更傷、血不會更血，但他努力架住，肚腹底下傷勢擴大。他仍撐著，臉漸漸蒼白，到了這年十二月，他的血流做銅雕，立在他任職的嘉義派出所前。

銅雕沒有傷口，身軀硬朗表情堅毅，李母參加雕像揭牌，提到十二月初兒子入夢，她問道，「傷口好了嗎？」好了好了，到了天堂一切勇健。

母親也如此託夢我。出殯那天晚上，夢她在老家車站，汗流浹背，很久沒有吃東西，打開一旁冰箱，吃食的正是當天回贈親友的麵包點心。吃完，按習慣得喝水吞藥，打開藥罐，咦，一顆藥丸都沒，母親當仙，遠離一切針藥。

血，必定止住了，只是我的悲傷還沒止血，碑上留有「典範青史留名，勇警精神永垂不朽」，字跡端整，卻怎麼樣也比不上寫得歪扭的「母親節快樂」卡片。

我無法再寫給母親，李母無法再收到兒子的卡片，黑髮人與白髮人，常是一部黑白的悲劇片。我懷想李母的哀痛，也想到母親遽然離開我，該也在天堂流淚。

不哭、不哭，把懷念塑造為彼此的銅雕，留在最美的那個時節。

看到羅紅

我造訪北京那幾回，沒有注意到羅紅與他的地下鐵。

羅紅，與我同世代的烘焙師傅，並設有連鎖店，但他無意以麵包香全大陸串聯，而與烘焙坊座向相反，扛攝影機走進大陸西南與西北，河的流竄在大山、雲的游移在大山，拍下的肌理成為連結，引領他走向非洲，接觸野生動物，醒悟自己的野性。

日喀則晨出，湖泊一片紫，丘陵與平原的紫，安靜如有佛；西藏阿里高原，還醒著的鹽湖一片綠，已經沉眠的結作白晶。有一張群鳥棲息的湖泊，高空上看，湖泊輪廓也像一隻一隻鳥；生物的湖、地理的湖在一塊，很有童話的味道。這是羅紅帶給北京的地下鐵。

二十一世紀第一年，我已忘了這一年的面貌與啟發，羅紅為非洲出發，留下驚嘆，「非洲是一首永遠寫不完的詩」。他開始脫離「地鐵羅紅」的風光，走進更深的孤獨，拍人與萬物、生物與生物。其中一張拍下兩隻雄獅拱衛獅群，推翻獅群只能推崇一頭「獅子王」，動物世界走向合作，迎戰威脅。野鳥與河馬，草原上共處，微小與巨大，都依偎著時間而和諧。

著名攝影家梁江川說，羅紅作品代表他對色彩、光線與線條的個性化思考，愚昧如我，不解深邃內涵，只能對主題訝異、看景觀驚奇。我常想到那些方形的攝影作品，框架它們是為了鎖定剎那，留給日後一次次回味。

羅紅為非洲出發四十九次，我的非洲之旅停在一，約莫也在二〇〇一年，當時，我以文學與華僑的接軌，會外安排賞景自然公園，我當然也拍照，但我沒有成為羅紅。

還好羅紅，讓我看到他是羅紅。

頭髮說話

頭髮，攸關看法。臨鏡打理容顏，看五官、觀氣色還不夠，頭髮也是主角。曾於辦公室「公廁」，見同事於鏡前撥弄額前一綹頭髮。除了老總，公司哪來「私廁」？男子撥、撥、撥，渾然忘了隔壁有人等著洗手。

頂上頭髮，誠然大事。理髮時，好心的理髮師幫忙點出，我的後腦右杓，有一處毛髮稀少，該是禿了。我受到的打擊太大，完全無法置信，回家後，急忙拿面鏡子走進廁所，持鏡站化妝鏡前，照後腦杓，果真在鏡像中看到比五十元銅板更大的禿點。我到西門町探勘假髮市場，心想有一天很可能得戴上。

這一留神，才發覺公司有兩頂假髮。有次誠心讚美老總年過半百髮色黑黝黝，被同事拉到一旁，「你看不出來，那是假髮嗎？」馬屁拍到馬桶，還好我一臉誠懇，沒有取笑意思。還一位同事參加公司健檢，幸運查出癌症，治療時髮量稀疏，戴假髮才不驚動同仁以及自己。

三姊曾積極捐髮給癌症希望基金會，及腰長髮烏黑，透亮沒一絲白毫，它們經過翻製與造型，能為病友創造信心。頭髮不能做鬼臉、無法擠酒窩，但若沒有它，高高在上營造天氣，眼眉以下都霪霪細雨。基金會收到的捐髮量多，經費不夠，製作成髮束的則少，台灣氣候潮濕，三姊頭髮如十八，也有保鮮期。

那一枚五十銅板禿提醒我，我需要頭髮的妝點，但是洗它、擦它以及吹風，態度粗魯，都像欠我一筆債。

欠的，果然都會討回來。我拎著一柄耙梳，理它、梳它，跟頭髮說話。

買單老大

如果沒有事先說好，好友聚會後臨到結帳，都有種不自然，誰該結帳？跟宇文正聚會，這事完全不用考慮。吃完、飲酣，她優雅而略帶隱藏地拿走單子，大夥散會，理所當然地散在夜色中。

五十開外的一群朋友了，誰不曾擺宴、誰不曾作東？但因為是宇文正，我們都裝乖。肯定也不是裝。人與人間帶有磁場，不互相排斥，而是相處時自知該走在後頭，由她出面就是了。有一回說好跟宇文正一起請客，我靜待聚會結束，她已暗渡陳倉買單，且私訊我，「能聚會聊天很愉快，不用在意小錢。」

與大姊、大姊夫聚會也如此。我們小心翼翼不敢多點，姊夫大大方方付費。跟金門籍同鄉張群釗聚餐亦然。我們幾位好友有個共同群組，多年來，台菜、上海菜、日本料理，甚至西班牙餐，都一一配酒享用，我著實抱歉，張群釗沒有欠我們什麼呀，卻像積欠長期債務，飯局當作利息。

也是商議好了，在川菜館由我作東，忽然「飯策」急轉，說是他臨時有飯局，無法兼顧市區東、西，如果我們能夠移駕就太好了。於是時間不變，一夥人東移，張群釗以此理由作東致歉。

有人千方百計要得一頓免費午餐，大型公關造勢活動、廟會大拜拜，甚至提供便當的全天藝文座談，都能見族群出沒。無傷大雅，但攸關民生大事，沒有異議，便當一個個領去也是一飯之緣。佛光山也是如此，遵照星雲大師濟世信念，來寺裡的人都能吃上一頓飽飯。

沒有誰欠誰，而是誰對誰，一夥人之間便會有帶頭大哥、大姊，豪氣地說，「兄弟姊妹們，別客氣！」

暗空公園

頭的「運動」很貧乏，左右轉、歪左歪右、抬頭低頭，難道還有其他？有的，衣索比亞首都阿迪斯阿貝巴，入夜後傳統舞廳上，舞者以頭部為核心，三百六十度旋轉；或者街舞，節拍劈哩啪啦，頭，成為另一隻手或腳。這是頭部的極限運動了。

對比愈來愈習慣低頭滑手機，頭部最少的動作就是「抬」。

童年時代，沒有聲色與資訊干擾，夜色深、星星也深，我常抬頭，看星空無垠，想像宇宙深邃。世界打燈愈多後，抬頭一片暗嘛嘛，不如低頭，用手機悠遊世界。我不甘心就此臣服，有幾回故意找暗處，於金門按湖海灘、南投清境農場等，遍尋不著，光喧譁若是，路燈、屋燈、霓虹燈、紅綠燈、農場氣氛燈，讓山長做聖誕樹，喧賓奪主，只準人們眼光投注。北斗七星沉默、銀河收起銀衣裳、大熊星座在森林迷路，海邊與山上，都是一座座光的城市，「殺風景」殺得宇宙無存。

南投縣、太魯閣國家公園管理處以及東勢林場等，向國際暗空協會申請成立「暗空公園」，擬定「關燈觀星公約」，降低光害，打造良好觀星環境，獲得認證。沒有光的年頭巴望光，光多了成為光害，讓我們遺忘了頂空以外的空，存有可能的生命真相。

這是暗與抬頭的奧義，在黑暗幽微中，遙見星與星群，朝我們發出密碼。

一眨一眨的星星重新被看見，在都市，它們經常只是一個定點，移動時寂寞、消失了也在孤單中，一如偶爾抬頭張望星星的，我們。

圈牧的星星

看星星必須以手指圈圍，才能細數裡頭是數十或上百，是在童年鄉下。不免疑惑，宇宙無垠，地球與月亮、一行星一衛星，互相兜圓，目的為何？我降生，依循生老病死、傳承與延續，這意義是什麼？母親不說這許多，她的天空很務實，雷劈時，提到古早有人，不愛惜物資吃飯常剩餘，給雷神處罰；灶炕有神、石頭與大樹有神，而手指月亮會被嫦娥刮耳廓這事，屢試不爽。

母親的用意是敬天地與鬼神，科學家與母親走向相反，出版《時間簡史》，提出宇宙陸續膨脹等創見理論的史蒂芬・霍金，倒也警告人類莫積極與未知聯繫。暢銷電影《變形金剛》、《復仇者聯盟》等，在魔性架構上，提出邪惡的宇宙神話，遙遠星空中熠熠做閃的、都貌似童話，一旦它來，很可能來者不善。

對宇宙的發掘不止歇，美國航空暨太空總署（NASA）常被電影演出，拯救地球或者陷人類於危難，它都有戲。一個前往實習的十七歲的高中生，負責「凌日系外行星巡天衛星」，根據拍下的照片，檢查星體亮度變化，發現一顆全新行星，命名「TOI 1338 b」，大小介於土星與海王星，是地球七倍大。

科學家所用的方式竟然跟我數星星一樣。圈住，再一一細數。神奇的是高中生才實習第三天。是星星找到他，還是他找到了星星？為研究方便，宇宙被劃分做好多星系，各自地盤有專人檢索，空冥的，都劃做私人領域。

母親必然不會同意。她寧可把星星放出去，逃離柵欄，給我說說后羿射下九個太陽。

會飛的樹

栗喉蜂虎是我少數認得的鳥。每一年春，飛抵金門繁衍，藍與翠綠在羽翼間和諧布置。曾見過鳥群集全體之力，擊退一條掠食的蛇。飛近、陡降、攻擊，讓蛇在山壁間節節敗退。

栗喉蜂虎為金門留下夏天，被稱作「夏日精靈」。金門國家公園在慈湖三角堡附近進行棲地復育，營造坡面、易守難攻，與左近的慈湖三角堡，構成戰役與生態兩種截然景致。

我在金門另一頭的成功海灘，於簡陋搭就的咖啡廳前，遇到一名到金門賣房子、最後卻在金門買房的女子。到菲律賓短期講學時，見過幾名替代役，他們在菲律賓教中文，其後，自個兒倒學好菲律賓話。很可能就是其中一位，英文名字賈斯丁，愛上菲律賓的美好，全國八十一個省份已經遊訪九成，一個原先沒有概念的國度，成為鍾愛。

我的荷蘭朋友，原本當然不住荷蘭，而就在我三重住家隔幾條巷子。經營塑膠射出機器的朋友，往返中東與非洲，護照很勤快，戳蓋不停常換新，並未留在更方便營利的他國城市。父親在我十二歲那年，為了生存渡過台灣海峽，當藍領，最常述說的壯舉是從陽明山這頭、挑石塊到那邊，鞦韆似的，只是沒有風，而一步步的，把陽明山走上百趟。

飛來的、渡過的、走上與走下，都為遷徙留下他們的美麗。

泰山最會使鞦韆，電影與卡通中他抓藤蔓，在樹與樹之間盪，不一會已是群山遙遠。

我會想，是哪一棵樹把我種下了，而我有沒有可能喊一聲起飛，在天空飛成一朵綠色的雲。

陸地的魚

父親埋怨的事情不少，外勞愛油炸，以前沙拉油一桶能用月餘，現在兩週用罄。膝蓋愈來愈軟弱，擔心自己日漸消瘦。我禁不住搶話，外勞看不懂電視，能用上心的就屬食物，而膝蓋無力正該減重。父親的煩憂一一被柔軟反駁，於是提到失眠，「吞兩粒安眠藥，也是睡不著……」

曾拜訪三重區溪尾街百來歲人瑞，她耳清目明還能上午看盤，吃食清淡，對於睡眠只有一個原則「想睡再睡」。神經科專家馬特．沃克擔任加州柏克萊分校神經科學與心理學教授，著有暢銷書《為什麼要睡覺》，研究睡眠、並予系統化，新冠疫情來襲時接受專訪，提出睡好覺去百病。深層睡才是好眠、睡前忌酒與咖啡，睡不著時別賴在床上。

聽父親說睡不好，我們都會進一步質疑，午睡兩三個小時，晚上怎能睡好？父親置若罔聞，午睡與就寢，南北向一般，毫無干係。我舉人瑞當例子、舉沃克說服，但父親對睡眠執著，午覺睡足、晚上準時就寢，睡不著了，一定賴在床，如魚跳上陸地。

父親對待睡眠，如魚求水。多次陪父親返鄉共枕一床，他不打鼾，呼息深沉，每個起伏間都有虔誠在裡頭，無比專注。可是隔天起來，他跟我說夜裡輾轉，一夜沒睡，坐在床頭，對沒睡好的這一天無可奈何，伸腳丫子趿拖鞋，高舉手臂伸大大懶腰。

早餐、午餐，對他來說沒有驚喜，更像是一早起來，就巴望著午睡時辰。父親跟午睡說來就來，不用吃什麼藥丸子。很可能過去的某一時，日與夜已把他置換，只他不知午睡已經是水。

咖啡戀愛幫

朋友提起他的咖啡第一杯。北市民生西路西餐廳，眼前的中年紳士有機會變成丈人，或者陌路。白瓷牙咖啡杯與碟、銀製湯匙，他學女友加糖、加奶精，理所當然拿起舀糖的低淺湯匙，一小匙、一小匙，啜飲苦苦、甜甜又奶奶的怪異滋味。

他喝咖啡模樣，讓中年紳士笑開，「沒見過拿湯匙喝咖啡的。」紳士挑女婿，不挑型男、不撿痞子，朋友憑著拙劣的第一杯，成為豪門女婿。

我有兩個啟示，長輩面前，小聰明適宜收緊，另是咖啡已從六〇年代的豪門，嫁入尋常百姓家，西方文化的咖啡，與茶飲為主的東方，合飲一條街。我居住的三重五華街，露易莎連鎖店、獨立咖啡以及五十嵐、清心分立街頭，我不解兒子何以天天飲料一杯，他也不解，我何以天天研磨咖啡，虹吸管、義式、手沖、濾壓還得擇一。

三峽市場一角，攤位主人陳子瑀不幹律師助理，不再讀取社會負面滋味，設攤擺咖啡，導正長輩喝飲陋習，把糖、奶一一消弭。基隆源遠市場，「小市場」咖啡主導，媒合中華民國工業設計協會理事長張漢寧、設計師邱建基，用「市場幫」，串連攤商，一起做行銷品牌，如同台南正興街店家串連的「正興幫」。

「幫」這個字，把它自己贖回又定義，「黑幫」、「丐幫」已經老古，咖啡廳不起眼，占據一隅已經足夠，當它研磨時，街道舞起來，被浸泡、被萃取時，街道猶如香榭，而為它而成立的幫，每一天都在與它的街道戀愛。

並以專業與香味，解釋今天的第一杯。

咖啡漩渦

找咖啡很折磨，首先會嚷嚷，「飯店怎麼可以沒有咖啡？」走來走去，狠一點的真會蹬腳，如早起雞群訝異地上怎麼可以沒有蟲吃。飢不擇食用在此時很貼切，他們渴望可以取代咖啡的液體，燒焦的豆漿也行。

大家求咖，不分是啡，所以有幾回，遂一夥人分飲一杯掛耳式。「他們」指我的作家同行。我籌辦幾回兩岸交流，見過不同咖啡亂象。

喝咖啡超過四十年了，最早喝「黑人」咖啡。方正的白糖裹咖啡粉，模樣白胖可愛怡人。我與弟弟或哥哥，各掰一半放置鋼杯，熱水沖、香氣散，在肅煞的金門前線，只聞咖啡香，暫忘戰火來。咖啡在戰地並不能餵飲成癮，只能偶爾得嚐，知道人間味，多半苦甜相摻。

搬居台灣，以咖啡的版圖而言，便進入由「黑人」咖啡、麥斯威爾以及雀巢咖啡三分天下的八〇年代，真正與咖啡結緣在就讀中山大學時。品牌與產地漸漸多，號稱原汁萃取再經高科技濃縮，結晶成一小粒的咖啡顆粒，鎖在有高、有寬，有扁、有圓的包裝瓶。咖啡罐總是以玻璃罐載裝，呈現它們如黃金的迷人身世。

早年喝咖啡都「成套」進行：咖啡、奶精以及糖。把咖啡轉成漩渦，撕開奶精球，有時候從邊緣、有時候倒在漩渦中心，看著白奶精，在黑海上漂流。剛開始紋路整齊如唱盤，慢慢的就不見了。黑與白彼此消解，宛如一種妥協。這似乎也是個隱喻啊。對於咖啡色，對於人生。不過，我很快便從自己東扯西想的隱喻撤退了，改喝黑咖啡。

不需要再攪拌咖啡的歲月，依然暴動頻頻，「現代人，怎麼可以不喝咖啡啊？」誰，又在嚷嚷了。

辛格向前衝

辛格名聞遐邇，一是長壽、再是他首位年紀過百、跑完馬拉松。辛格出生印度，幼時雙腿無力，到了五歲才能走，腿細瘦如鳥腳，村里的孩子嘲笑他「竹竿」，撐不完走往學校的長路，及長結實了，已過了讀書年紀。

辛格結婚，生兒育女，不幸的是一對兒女相繼過世，生命萎縮如枯木，搬遷到移居英國的兒子家，從電視上看到倫敦馬拉松，覺得有點意思，開始跑起來時，已年過八旬。人生未必都如向日葵，有時候向陰也是方向，辛格就這般，腿細瘦，反倒支撐最久，喪事陰霾，卻跑成很多人的啟發。

跑，對我也留痕。小時候上學，早上出發、中午回家午餐、下午放學，一個上課日、兩趟來回，每一程約莫一公里。我記得其中一程，同學難得成績考好，果真腳步如飛，回家報喜。我惦念的同學數十年後坐在安祖厝筵席上，我們轉身辨識，過度客套讓我把關心藏緊。有個統計是B咖學生彈性好，入社會容易出頭，同學貴為企業老闆，兩岸都有廠房，他不是辛格但時程依稀，負負得正不是數學，而是生命。

辛格的跑，被史馬蘭寫成童書《辛格持續向前》，封面上，戴招牌頭巾，花白長鬍鬚及胸。辛格現在不跑了，繼續走路並帶頭做慈善，他說，不貪心讓他長壽，每天都運動，每天也都少吃一點。

筵席散場，與同學沒留通訊，頷首告別。我再次看到他跑在上學路。

這樣很好。辛格該也同意。跑完許多堅忍完成的長跑後，他知道，前後、左右都是夥伴，出發與過程也是。

嗑花生

喝酒可以交朋友，約莫酒酣耳熱時，心眼都還給心，直來直往，眉目不須遮掩，最接近本真。以花生交朋友少見了，卻常在我周遭發生。

我喜歡介紹金門花生製作方式：以大鼎燒煮、加適量鹽巴、再經曝晒，花生本性屬火，水煮後躁氣消弭，曝晒過程非常厚工，不經月餘難以精實、香脆，集天地靈氣之大成。有一回金門行，聽到隔壁桌有人起鬨洽購農家花生，除了我加入團購，還有作家古月、牧羊女、洪玉芬。每人限購兩台斤，我拿回台北不到一周，全部嗑完，古月不遑多讓，她說只要沾到花生，手跟口就不聽使喚了。

美國郭姓夫妻疫情出關後，朋友設宴洗塵，先生才坐定，馬上問服務員，「能先來盤花生嗎？」共食機緣得因巧妙，能偏好某種食物，可謂巧中巧。

我不喜歡花生的再製品，只有一樣例外。那是逢年節才會購置、或紅或白的糖漿花生。

花生仁約莫炒過，配上微甜糖衣，香、脆、甜，很有年味。糖，以及用花錢購買來，都是好的，這是小時候我對奢侈，所下的極致定義。糖難得吃，家裡務農捕魚、養雞養豬，民生物資多能自足，需要花錢購置的物資畢竟少，但是要過年了，沒有糖吃、不花錢奢侈一下，哪稱得上？

母親聽到我們心聲，糖漿花生成為過年必備點心。到今天，我已成家另居，每逢年節近了，總要拿出藏在櫃底的暗紅色餐果盒，學母親買稍許糖漿花生，這是母親在我貧寒的童年，餵養的豐富顏色，只是一顆、兩顆，白的以及紅的，它們的顏色連綴起來，都長成了微笑。

壺底乾坤

我對出賣爺爺這事，很有心得。事件好發在演講時，當有人問起細節、時間以及永恆，唆使我再偷偷溜進爺爺午寐的廂房。

窗外頭蟬聲一陣陣，偶爾聽見豬隻哞哞叫，牠們的背景是海濤。爺爺平躺床上，呼吸聲咻咻響一如外頭的木麻黃。我必須聽得仔細，才能當個稱職間諜，音量必須調準調對，才能叫醒阿公而不吵到隔壁房午睡的父親。

「阿公、阿公……」沒有動靜。床下是尿壺，跟吐痰、便於清理的海沙。窗向東邊，到了下午陽光很淡很淡，變成最溫柔的色澤，變成月娘。

並不是很涼，但是安靜以及柔光給我錯覺，走近爺爺跟廂房都屬沁涼。「阿公給我兩塊銀……」爺爺睡得沉，我只好偷喝擱在窗邊的保力達B打發時間。我喝得有技巧，注意酒體的刻度，香蕉再黑就要爛了，莫暴殄天物，我吃了一條。桌上還有各式餅乾，該拆嗎？

我一輕碰，塑膠包裝袋嘎吱嘎吱響，在暗靜的午後變得巨大，我趕緊歇手。

多年後我回家，阿公已經不在，我遍尋那只尿壺，往昔只要滿了，爺爺便喊我，讓我拿去屋後，倒入屎海。

我講到這裡都故作神祕，停頓幾秒後問，「你們知道尿壺去哪裡了嗎？」各種答案都有，從來沒有人猜對，尿壺原是鎮上中藥行贈送，唯一的條件是爺爺走了以後得原壺歸還。中藥行所說不假，我為爺爺執壺多年也可以作證，壺底尿垢已經積厚，中藥行剖開取出尿垢，做為藥引，「所以我阿公走後，真正遺愛人間哪……」

屢試不爽，他們都笑了。也沒有一次例外，我跟著笑，用誇大的臉部線條遮掩盈眶的淚水。

抽抽樂

大年初二，我花光為數不多的壓歲錢。

照例在除夕夜，孫子輩依序跟爺爺、奶奶拜年領取紅包，回房間後，立即被父母曉以遠大前程必須積蓄當靠山，也依序走到手足面前。膽敢爭辯的膽氣、力氣，早些年已經用罄，交還都乾脆了。

還好，並非全盤繳交府庫，我們捻著為數不多的紙鈔，還是慶幸過年。我買了應景鞭炮後，果敢地踏上村裡頭唯一一家抽抽樂店。

店老闆罹患小兒麻痺，拄著拐杖招呼。除了抽抽樂以外，兜售幾款染得太紅的魷魚片、芒果乾。抽抽樂店兼營戳戳樂。前者，懸掛禮品、鈔票，如名家畫展，一字排開陣仗，我不為山水而來，而為了如假包換的百元、五十元大鈔，後者平躺桌面上，兌換禮物為主。

相信店家都該「童叟無欺」，尤其跟國軍生活守則一起印在牆壁上，彷彿軍方出面擔保，更顯貨真價實。我矢志把扣押的壓歲錢贏回來，年初二踏上征途，還擔心商店過年不開。還好，店依然開著，老闆一張方形臉顯得蒼白，穿一雙舊襪趿拖鞋，連拐杖也是舊的。

以為那一天運氣好，事後證明跟詛咒沒差別，整個賣場空蕩無人，就為了讓我大肆攻城掠地，而且還面對殘障人士，心頭悲喜兩極。無論如何這場仗必須打。

我不算常客。緊挨學校旁圍牆，也有家抽抽樂，它的擺設始自走廊，五六公尺的排列媲美萬里長城，吃的喝的玩的，各樣誘惑都能讓最窮的孩子，硬是湊出幾角銀買這買那，然後再抽抽樂。學校斜坡、通往村頭的兩邊沿途也還有幾家，但屬圍牆旁這家得地利之便，最多顧客。

我實戰經驗不多，觀戰倒不缺，見習不少抽抽樂戰事地圖，走進方形場域，搜尋牆上眾多版圖，馬上相中剩餘籤牌最少、留有最多現金的一方戰場。

抽一張五角，我有十塊，能抽二十張，幾乎可以掃光籌碼。我初步擬定邊疆攻略，專取偏僻角落，這並非隨機，而相信布局者忌諱把重賞放在正中心，變得容易猜測。

剛開始一連十抽，竟然一元未中。我擬定後續策略，決定兩兩並排一抽，很快地用掉八個機會，該改抽其他，換換手氣？但我心一橫，剩下兩個機會全數押賭，凝視每一張籤牌，這才印證眾多超能力中，許願擁有透視能力始終名列前茅，我畢竟是人而非孫行者，喘幾口氣，在正中居左與右，各撕一紙。

走出抽抽店時，停在門口好一會，希望聽到老闆拄拐杖喊，「少年ㄟ，這兩塊給你打香腸……」畢竟，他已經賺了我十塊錢。老闆沒有走出來。願賭服輸，人生不就這般。

幾十年後過年，兒子想用抽抽樂賺零用錢，到文具行購買用具，上頭掛滿的紙幣已從百元換作五百、百元大鈔，兒子跟我說他花了六百塊。我嚇一跳，這也太貴了。親友好賭者不少，一注十元一抽再抽，頂多抽中五十，五百大鈔始終高懸，隨著籤牌愈少，愈是激發賭性，不抽中勢不罷休。大約剩下十餘注時，孩子餵飽荷包，見好就收。問他怎麼不多賺點錢啊，他說再抽就穿幫了，頭彩根本虛設，但那是一張如假包換紙鈔，這也是為什麼粗糙印刷卻賣價昂貴。

每一種抽抽樂都童叟有欺嗎?店老闆沒喊住我，是在店裡偷笑，還是沉吟，連個孩童都如此貪念，而且執著?或者思忖該遮掩或抹除童叟無欺幾個大字?

賭的合理化，只在過年期間。連母親都不管，讓我們陪父親盡興玩上幾天。而我逛市集，有抽、有戳，在銘謝惠顧的小紙片上，看到當年身歷險境而不自知。

多少賭徒都輸給一口不甘心，所以哪，得感謝老闆沒追出來，再給我兩元賭注。

女人列車長

女人的生命歷程，是火車與隧道，一下黑、一會兒亮。這指多數。少數女人單身，或者循常軌生兒育女，賴其才華與勇敢，再讓火車開出來，不至於冥暗。

有位朋友提到婚姻，猶如工廠與機器，得生幾個孩子、男女還不能馬虎；看顧三餐屬基本日常，她的忙是多頭馬車，好不容易壓力挺住，學畫與寫，還得忍受公婆譏諷。夫家家世好，公婆都公務高層退休，仍信守「女子無才便是德」。我忍不住問，你也是人家的女兒，誰不望女成鳳呀？

想起失聯的學姊們。孤狗她們行蹤，零、零、零。她們一路模範，擅財務或優企管都一樣，毫無機會施展，大學以及研究所畢業，即為人媳。這宛如進隧道。那頭出來的火車還未必是她的，可能是兒子或丈夫，女人常當列車長，只是不為自己駛。

有些人經過短暫暗黑會出來，作家方梓在子女長大後，才就業。基隆一位梁女士，參加社區拼貼藝術推廣，學習用拼貼法完成畫，她有句話說得讓人感動，「創作時可以為所欲為，做到忘我」。那是從未擁有過的幸福時光。多數女人都是高湯，稀釋再稀釋，不自己喝，而澆溉作育下一代。

火車與它的旅程，不可能都直線，而有彎弧以及橋梁與隧道。梁女士與朋友組織里奧良當代拼貼藝術團隊，失去的慢慢補綴，這是她的幸運，雖然已過半百。

曾經青春的學姊也一樣年紀了。想起時，她們的笑依舊青，傍晚時分就海堤邊談理想，雙眼晶亮，哪知道進入隧道不再出來。但願那裡頭，有我沒看到的星空。

芭比爬上樹

孩子的志願是當公車司機，肇因他從小愛玩的遊戲，持衣架子當方向盤，在客廳與陽台間前進、倒退，模仿一輛車子，並手繪不同的方向盤，我偶爾取出看，都訝異他當時的專注，且線條與剛毅字跡，都帶鑿刻的力。

納德卡尼是研究哥斯大黎加雨林林冠的先驅，被《國家地理》敬稱為「林冠女王」，她看到遊戲中「角色扮演」的魔力。女兒六歲時，要求一個芭比娃娃當禮物，納德卡尼決定重塑，改造出穿著橡膠筒靴、胸前掛望遠鏡的科學家芭比，後來得到裁縫師義務幫助，打造為保護森林的形象大使，納德卡尼並成立網站販售「樹梢芭比」。

芭比以形象完美、公主般貴質，成為許多女孩的模仿，如果問女孩夢想，多少人都會說，「要當美麗芭比。」而今芭比爬樹了。納德卡尼洞察世界改變，女人走出來，在數學界、科技界都闖出成績，而今女孩子們把玩「樹梢芭比」，會跟著看到地球運轉時，人類並非無能為力，而有可能伸出援手，爬上樹，看哪一株植物需要幫助。

女孩爬上樹，不只是一時頑皮，而有機會洞悉自己。

孩子已經遠離拿衣架子滿屋跑的年紀，志願之一仍是公車司機。我沒有阻攔，只是問他如果真當了，要當什麼樣的。好多年了，這話題仍擠在我跟他的床上，其中一個提議是，「可否當一個，寫詩的司機？」

潮濕的字典

我對三十年前一樁舊事耿耿於懷。我就讀埈湖國小，與愛華分校隸屬賢庵本校，為預備校際比賽，要從三個學校中選拔優良選手，與其他學校競爭。為了備戰，查字典、心算等都在預習範圍。我辨認部首、注音都較其他同學出色，多次獲得優勝，被認為可輕易獲得代表權，為校出征。

拿到考卷，我瀏覽一遍生字，毫不心慌，甚至感到興奮，深呼吸一口氣，從容應戰。手中字典與我賭氣，總無法順利翻到生字所屬的頁碼，它受潮嚴重，無法駕馭，這根本不是查字典，而在為一本書開光。

好的開始是成功的一半，壞的起頭，便注定失敗的必然？在這場試煉中，竟應驗了。老師且在日後課堂上，數落某某同學啊，平常表現優越，重要關頭卻失常。一場競賽，船過留痕，我後來好長一段時間罹患口吃，這大約就是淵藪。

我在三重區教寫作，學員多數有家庭，問我可否帶孩子旁聽。我滿口應允，於是班上出現許多小小學生。他們經常乖靜，有時候提問且搶著發言，還非常大氣魄地到台前陳述意見。約莫也就是小五、小六，我當年被字絆倒的年紀。

孩子的心靈真如個頭、年紀，如此微末嗎？未必。我很難不把受潮的字典，當作大人所使的計謀，而且餘毒深刻，讓我前半生無法順利說好一句話。我已經不知道該怪誰，或者子虛烏有，只是一場揣測。

但我學會不要小看任何一個小朋友。他們坐在教室中，與述說的每一個字句碰撞，我的腔調應該柔軟，字音來自口舌，難免潮濕，但期望，我為他們栽下一言半語，並且適當澆水了。

國小同學會

有一年接到國小同學來電，約定三月下旬聚會，不禁想像別後多年，可還認得彼此？一到中和四號公園上海餐廳，果然沒認出門外招呼的正是召集人。

同學六年，在半世紀的時間尺上衡量，是輕微了。少年少女已為人夫、人妻、人父、人母，在複雜人際關係中，再來量測國小同學這層關係，彷彿吹彈可破。但是，人最初的社會關係，是一切的基礎，我們都記得埈湖國小後頭夾竹桃遍開著紅色花朵，三排低矮的校舍猶如放大的三合院，防空洞旁春天翠綠煥發的棗子樹，工友在上下課時急促拉動的鈴鐺，教室廊下文天祥、史可法、班超等民族英雄赴湯蹈火的立傳，這些回憶都獨一無二。

召集同學記憶好，述說畢業時班上人數三十八，我卻記得小一編座位，曾經高達四十三。我提起小二時，林姓同學不幸高燒喪命，不知大家還否記得？記憶畢竟有所篩檢，卻不知誰遺落了誰。

逐一打量同學。時間若自由落體，停頓在一只只舉起的酒杯。

原以為我該是最熟故鄉事的人，沒料到召集同學人在台北，對故鄉點滴耳熟能詳，數說雞蛋花、許獮等后湖四寶，提到機場若因應國際航線而擴展，必須填海、外移跑道，否則后湖將有遷村或滅村危險。散會前問召集同學，可還打乒乓啊？他說還打，他的太太也擅長。眼前的同學已是事業有成的穩重男子，卻依然是跟我打球的少年。

散宴後，幾位同學回家方向一致，但怕多點下車，耽誤車主回家，有人輕聲說，自己搭車就好。我執意搭乘便車，搶著說，不晚不晚，四十年來只搭這一程，完全不晚。

昔果山七號

昔果山七號，曾是收取信件的居所。大姊、二姊以及大哥，率先遠渡台灣，女生在南崁加工區上班，男生則學車床。一個乳牙剛退、臼齒未發的年歲，他們都必須匆匆長大，與台灣社會一齊滾動。夜跟人，都很深很靜的時候，他們想起昔果山七號。

在朗朗的日頭中，我負責朗讀兄姊的信件，屋簷下，有涼涼蔭影以及母親踩動縫紉車的答答聲。我還常聽見，海濤轟轟就在山頭後，樹吟咻咻，彷彿耳畔嘆息。甚且，他們也是眼睛，幫我讀懂字義下的字意。

資訊不發達的年代，彼時的信件卻有共同的結束語：「勿念」。勿念，是更多的想念，是更多的信件寄來昔果山七號。

已經忘了三姊也踏上台灣，成為布料、塑膠玩具的生產部隊時，我與父母以及弟弟，怎麼支撐春耕、秋收。玉米熟成時，長紫黑色鬍鬚，它們排排站，與風微舞，是一群扮老的少年。花生開黃色花蕊，它們長出的蟲也是黃色的，觸角兩隻與斑斕的身軀，像神話裡的龍，但是升天不易，只得下凡當蟲，並時常惹得我跟弟弟心驚膽跳。

後來有一天，是我寄信回昔果山七號。父母親舉債、標會，買了三重埔一間簡陋公寓，二十坪不到的房，匆促以木板隔了四間，客廳簡易裝潢為時興的酒櫃，成為金門酒廠的小小展列。最記得新買的電冰箱，它還沒有冰著任何東西，我跟弟弟不停打開，好奇它能多冰，直到被母親喝止。電視是舊的，有兩扇門的那種，關到了一半，電源就會切斷。週末放假時，兄姊都回來，一家八口不再需要搭乘軍艦，顛簸一天一夜，才得以團圓。但這個圓，始終有它的缺邊。

我陸續寫信回昔果山七號，給爺爺、奶奶、堂哥與堂嫂。我料想，我寫回的信件該由堂妹或者姪兒、姪女代讀。那個屋簷下，爺爺還在，大約也坐在屋宅的左邊，一張有扶手跟背靠的木椅。會有雞隻兩三，咕咕咕覓食地，大剌剌踱進中庭。會有狗幾條，愛鑽房旁的狗洞，彷彿展示武功中的矯揉。一種極佳的柔軟。

七號以及門板，是在老家整修時被卸下了。橫梁白蟻蛀蝕，返家時，正逢工人鋸掉屋後的木麻黃，取舊瓦、換新瓦。門板還有一個場合被卸下，那在農曆十月，家家戶戶摘了門板，蓋廟會的戲台。戲散了，門又回來。但老家翻新，像一齣不下檔的戲，這扇被拆的門板，再也沒有回到它挺立了數十年的位置，它初時被擱在柴房，但幾年後多次尋訪，再也找它不著。

堂哥們另起樓屋他住，老家安置了幾名外勞幫忙捕魚，廳內還有人氣、屋外還有漁網待補，只是沒有人再寫信給昔果山七號。

抵台初時，我還念著金門的天氣，每逢氣象報告，都漏了雙北的氣溫。我也念著這扇舊門。它的青苔、它的斑駁，以及門扣的鏽，都在說明它護佑的長久。而每一個舊曆年的開頭，我們曾那般興奮地為它貼一個春，或者迎一對神。

臉與臉譜

我講解採訪愛用《陣頭》當講義，電影劇情取材九天民俗技藝團，陳述中輟生以陣頭文化，補寫疏漏人生，主題勵志外，還在於當年我親訪過導演馮凱，紙本與實際雙重述說，更有說服力。

陣頭八家將都得粉墨登場。「謝將軍」以雙蝠繪製，蝠諧音福，有洪福齊天的意思；「甘將軍」採陰陽融合為意，具有背惡向善的指涉。「文差」臉譜取自「喜鵲」，模擬牠眼部黑線條為家將勾勒，彷彿傳遞天庭旨意。我人生至今尚未著妝，倒有一兩回戴上紙面具扮遊戲，裝成另一個人或神，內在很有戲，可以滔滔說些難以置信的話，那些沒背過、忽然心中閃過的，一一被我說。

一張臉能說的話，常常就是它的面積。難怪大堂哥話少。他天生兔唇，父老信誓旦旦懷孕時期不該動灶爐，胎氣割在人中，說話時嗓音隔著燃燒的灶爐。有位朋友不幸於八里塵爆中，百分八十嚴重燒燙，復原後五官也似太熟，說話時眼鼻牽扯，公眾場合上，先引起驚訝再是體諒。

臉，就算不是無所不利，也是有額度的悠遊卡，醫美潮流猛、南韓選美被調侃是複製人比賽，都因為臉會說話。它說話、它也排擠，美醜無關品行與才華，難免占了先機。路跑協會、陽光基金會合辦「臉部平權運動台北國道馬拉松」，便在弭平先天與後天的不幸。

當年，九天民俗技藝團扛三太子爬玉山、徒步撒哈拉沙漠，明明很苦很累，所戴的臉譜都在微笑。那些都是寓意。人到了很高的地方，常常也乾燥，除非除非，能用另一張臉，說話。

谷歌大神

搭誰的車都這般，除非很熟，否則前頭茫茫，路不再是路，懸掛手機在方向盤左邊，呼喚谷歌查驗路線，依照指示左拐、右彎，高中同學邀集踏訪宜蘭，沿途停憩許多處，出發前尚且根據塞車與否，研擬順暢路線。

路況模擬、遠距看屋，許多事不須親臨，也能從網路一一看到現場。雖然多次傳聞錯報，帶旅途到山谷與險彎，但一上車就問谷歌已是習慣，所以人人敬稱「谷歌大神」。

沒有網路與谷歌時，路照走，懸掛紅綠燈前頭的綠底招牌，一一指示九份、金瓜石。它們站得辛苦，但漸漸如同虛設。景點的牌子咖啡底色，還有些土雞城、賣蜂蜜的，白底紅字的店招高掛路口，「不純，砍頭」，我們戲問，砍誰的頭呀？

德國藝術家西蒙．韋克特（Simon Weckert）有次在示威人潮，發現一群人擠在路上緩慢前進時，谷歌地圖上呈現擁塞狀況。這變成他的行動藝術，用拖車拉著九十九支開啟谷歌地圖的手機，在柏林路上走，虛擬了一場塞車。面對惡搞谷歌也有氣度，認同行動劇有助改進，好讓地圖判讀更精準。

時代趕得多快啊？我擔任文化部、文化局企劃評議，是否讚許支持提案，創意優先考慮，當代的箭頭是納進數位，去趟北美館或博物館，精彩之餘強調趣味互動，畫家、藝術家除了技藝，還得動靜輝映。

遠近都谷歌時，路一條條陌生，沒有耳畔指示，方向都盲了。

我很有耐心等待開車的朋友，搜這搜那，終於還是忍不住說，「賣場，不就在前頭嗎？」它醒目的招牌只在幾條街後。

當一個蔣總統

「博士」兩字具備古典意義。肇因母親用閩南語發音時，都在美好星空，或者草春來臨，蝴蝶與露水在廟埕外的田野小徑，動與靜，都在我心頭翻攪，而後植入一個智識種。「博」的閩南發音類似「啵」，好大好亮，母親一開口便讓我嚮往。她期許我長大讀博士，更有能耐何妨當一個「蔣總統」。蔣家長期掌握大位，「蔣總統」成為名詞，她不知道「蔣」是個姓氏。

我沒有完成母親的期許，但也不辱使命，她辭世當年參加我的新書發表會，現場近百人出入，她在後排座位靦腆看著，不知道發生什麼事，帶著點不確定地接受。

幾年後與朋友聚，聊寫作與其他。正是這個「其他」讓我談起曾在東吳與師大兼課。鐘點費五六百，請事假得扣薪資，一加一減，以金錢衡量根本不划算，我把兼課當公益，但被有心人引申為「兼職」，氣字頭上一把筆，隔天寫了辭職信。無業之際正該積極，但我婉拒各校的兼課邀約，力勸友人也別兼了，把機會讓給不知凡幾的流浪博士。

有一回到嘉義大學評審，接送我的老師已經流浪七八年，透過他的陳述才知曉，我委屈領取的酬勞卻是許多人的安家費，二〇二〇年六月，《人間福報》社論一個正義十足的標題〈請顧及兼任教師的尊嚴〉，讓兼任老師南北奔波，為五斗米折腰，再來談尊師重道，這就像爬樹找魚，或者要我當一個「蔣總統」。

我喜歡聽母親唸「啵士」，裡頭挾一股寬敞，依稀賣場的「歡迎光臨」，一走進，種種智識都「啵」開了來。那也是每一位母親，為孩子的發音。

金門婚禮在台灣

西川堂哥的女兒莉莉搬到父親對面時，孩子已讀大學，我卻想起她的結婚時。走入筵席，清透的高粱酒擺上桌，白金龍的標誌列列站上，白底金邊，輝映大紅色桌布，這時再看紅酒、啤酒或果汁，就像看見女人依偎著男人。

堂哥作為主婚人一派自然，堂嫂則穿金戴銀。我跟堂哥、堂嫂等同桌。我二十幾年前結婚時，他們的孩子多讀大學了，幾年後，我升格為父親他們也當了阿公、阿嬤。我欣喜又傷感，這些阿公、阿嬤們，都是我的堂哥、堂姊啊，時間一跨步，果是無盡無涯。

他們老愛提起我的小時候。綽號「黑臉仔」的堂姊夫走來我身後，搭搭我肩，乾乾叫著我的名字，一遍一遍喊，彷彿只是這樣的叫喚，就有無限寬慰。我在他眼裡還是孩童，額頭高、嘴唇厚，長相不好卻偏偏討喜。

堂哥每次看我，總會停頓一兩秒，似乎思索小時候，常常被他夾在胯下鬧的孩子，還是眼前這一個嗎?當他唬弄說，地瓜籤是毛毛蟲晒乾的，哭著不敢再吃的孩子，而今卻自己有了孩子?我總會在西川堂哥，含話不吐的神情中，讀到時間味道。

新娘莉莉，我也是看著她長大的，八〇年代中葉，金門觀光剛剛開放，我有幸地用相機幫她以及其他姪兒、姪女，拍下恆不磨滅的童年時光。每次看見侄輩，免不了感嘆時光過得快，「想起你們小時候啊，一個愛哭、一個愛跟路。」

嚷嚷想想時，性格豪邁的西川堂哥拉開嗓門，大剌剌提著酒走來。他那樣的姿態似在說，喝啦，有事情、沒事情，喝了再說。

我舉好酒杯，隔空飲乾，再乾一杯。

為誰停下

留意到競選車隊，是因為本尊上場，站在改裝好的發財車，居高臨下。罐頭音效不馬虎，不斷述說本尊來了，陌生競選者知名度比不上春嬌、志明，本尊與分身哪有差別？有趣的是被放大強調了，不把頭轉過去都不成。

或許如我一樣分心，騎士當場摔車，跌在競選車隊旁，競選人跟我對上眼，都知道彼此看到了。人民不是抽象概念，正具體為一個傷患，我一介平民熱忱不比從政者，哪知他口號喊得嘎響，狀若未睹開車過去。賴清德被稱作「賴神」，一個緣由是目睹車禍，拋開既定方向為他人轉彎。有位行駛平溪線的陳姓駕駛，看見山羌掩在草叢後，身上帶血且發抖，忙下車，毛巾包裹，帶回十分車站醫治。

我沒有在列車上，但欣喜很多乘客，不分國籍，目睹有個人為一隻動物暫停幾分鐘，他們與山羌遠距離合影，主角不是特定的誰，而是誰，願意為誰停下來。

我的朋友左家瑜，半夜碰到老翁跌坐行人道，沒帶拐杖，走沒幾步就不行，朋友陪他回到潮濕地下室的家，隔鄰是太平間，老翁說得釋懷，他不久後也要報到，先習慣一下無妨。依然是左家瑜，撿到求救的外勞信函，與警登門查訪，辛酸地發現台灣主人讓外勞與狗同住陽台，凜冬只給一件薄被蓋。

誰為誰停下，雖不能當作公民要求，但每回想起虐待外勞事件，都覺得該在那戶人家門上，寫上大大的「紅字」。原諒我呀佛陀，嗔怒站在同理心的對面，而我老是想起那些可惡。

黑熊來了

高中時與同學走南橫，途中遇見官校健行隊伍，他們野林縱走，看見樹上的黑熊爪痕，提醒我們小心。深林見熊痕，多可怕啊，對屏東科技大學教授黃美秀而言，卻是一則打開的尋寶圖。

二〇一九年秋觀賞麥覺明執導的《黑熊來了》，紀錄黃美秀與她的工作團隊，上山、上更遠的山，尋找黑熊。她透過爪痕，判斷熊爪是否完好，或者斷掌。遇見熊該怎麼辦，一說爬樹、二說裝死，兩者都不對，熊是爬樹高手，爪子健在，才能爬得好、爬得高，摘取食物，黃美秀心疼留在樹身的兩指與三指，那是一隻面臨生存困境的熊。

團隊抓熊再裝上儀器，監控熊的生存狀態，適時提供協助。一隻熊練過功夫，爬進陷阱屋，擁有成龍與甄子丹身手，劈腿、飛簷走壁，攫取屋內食物。觀眾與我譁聲四起。那該不會是人喬裝的熊吧？如此俐落。

一隻斷掌的母熊兩次進入陷阱，牠牙齒壞了，同時還染疾，團隊誘捕，送進動物醫院，治療後再放回山林。巨大的鐵籠放回熊熟悉的森林，門打開、母熊跑出來，愣了下，再快速往野林竄逃。牠肢體語言滑稽，我笑了，但也淚流滿面。

《黑熊來了》陳綺貞擔任幕後旁白，陳昇編曲演唱電影主題，麥覺明的電影團隊，跟著黃美秀出生入死。黃說上山去，不可預期者太多，為了不增加親友麻煩，遺書早就寫好了，真的與熊狹路相遇，記得不驚慌，保持安全距離。

年近半百的黃美秀投入黑熊保護已經二十多年，被稱為「黑熊媽媽」，她的掌紋與熊的爪痕，是台灣深林最美的手。

一行波特萊爾

曾為國中歲月為文〈遇見郝思嘉〉，盜用她的名言「不管怎樣，明天又是全新的一天」，作為功課潰散的慰藉。沒有提及的是，過度押寶明天而跌倒，不如從今天站起來，我的人生走成這句，「讓明天的我，感謝今日的我」。

芥川龍之介在〈某阿呆的一生〉中提過一句經典，「人生不如一行波特萊爾」，讓我在國中時期變身「波粉」，天天捧讀波特萊爾《巴黎的憂鬱》與《惡之華》。

當時沒搞懂的，現在稍明白，波特萊爾說，他的一生都用來構思如何造句遣詞。字句不便宜，必須人生換取，錘鍊好詩在不斷挑戰，才能以美學自我驗證。

日本女星新垣結衣因電影《懸空》走紅，媒體盛讚她「最適合穿水手服」，她改穿圍裙，演出電視喜劇《月薪嬌妻》。她說，「我不想有人在背後推而被迫向前走，而是靠自己的雙腳前進」。李心潔主演《夕霧花園》入圍金馬獎最佳女主角，飾演被日軍俘虜卻愛上日本男人，她分析女主角與自己最看重「愛」，「有愛就有痛，既然愛了，就不怕痛」。

日本宮城縣受哈吉貝颱風肆掠，台灣十二位義工奔赴，幫助老人家重整家園，感動日本新聞主播與民眾，義工團長、台南甜品店老闆陳一銘說，「希望更多人來體會助人的快樂，一定能改變人生」。

這些字句被當作「格言」看待，但得走盡千山萬水，停看雲起時，才能知曉山、水、雲是路，溝渠、惡水、暗黑也是。我雖微渺，但慶幸「跌一跤、撿一銀」，更能體會，人生沒有白得的波特萊爾。

人生五種球

父親年輕時打過籃球，委實不可思議。前線戰地，強身護國成為教育指南，打球培養體魄，只可惜這事沒能成為興趣，到老年萬事無聊，尤其菸酒都戒了後。

老，都在不知不覺間，父親過了青壯，扛水泥、挑磚塊等往昔，離健壯的膝蓋非常遠，倒是進入星雲大師比喻人生的「排球」階段。大師說「人生如球」，小時候爸媽是籃球，孩子搶著要，年長了，子女們正值事業高峰，未必人人得空陪，於是排序輪流。母親過世後，父親進入「排球」階段。我一周或兩次或三回，探望父親，陪他看不知重播多少回的《唐伯虎點秋香》，一起看晚間新聞，罵些是非以後，我再返家。

排球以後是足球了。大夥兒踢來踢去，誰也無法領養。還好及時找了外傭當守門員，讓她暫時代替手足，把父親當橄欖球，攬牢牢。為了不讓父親誤會，有外傭沒小孩，我反而探訪更勤，十分鐘、兩小時，只是老家已經沒有我的房間，不留下過夜。

打過籃球的父親最常看棒球，一球一球打擊與三振，節奏舒緩，正好適合看得悠哉。聘請外傭成為父親那陣子的大事。整房間、備冬被，書桌當作妝台，檯燈、衣架子樣樣不缺。他的鄭重是迎接親友與貴賓，而不是素昧平生的印尼人。

外傭報到第二天下午，我很驚訝屋內沒人，還好我帶了鑰匙。一個多小時過去，門閂轉動，父親一臉紅潤，語氣帶點欣喜，說是帶外傭從什麼路、穿過哪幾條街，繞了一大圈。父親還會打的一種球是乒乓，用在老年也和善。

母親的戲法

母親在世時，我回故里，村人對她讚聲連連。如果是晚輩會說，「阿嬸不簡單哪……」若平輩或長輩，更說得親切，直接稱呼母親小名，「羊母仔，真正有心。」他們所說的，都是「捨」這件事情。

母親處世眉角多，早年就是萬分「不捨」，不捨得花錢、不捨得對自己好，哥哥、姊姊早年工作時，必須一手薪資單、一手現金，兩相比對證明沒有暗藏，再由她給予零用錢，我剛開始上班，一份窮薪水也須繳交一半，發薪日本來也是開心時，這一來卻成為不捨日。

母親的眉角除了金錢，名稱亦然。戰時金門，躲防空洞跟預防停電，電池都屬必備，有一次到雜貨店買「電頭」，東扯西畫許久，才知道老闆只知電池，何來電頭？長大後才知道母親竟來「避名諱」這一套，因為外婆名字有個「池」字，所有的「池」，都改作了「頭」。

母親沒讀什麼書，問她何以如此，她也忘了，我研判，該是看戲看出道理，以帝王之尊看待母親，直到今天，兄弟姊妹六人，仍以閩南音稱呼「電頭」。有好幾年，大姊常號召家族旅遊，兄弟姊妹跟店家買茶葉、蜂蜜等特產，都很自然地跟店家說謝謝。這又是母親帶頭養成的習慣。

母親不單跟店家道謝，還彎腰鞠躬，殷勤如候選人拜票，我以前常唸母親，是店家賺我們的錢，而不是我們賺他們的錢，何必這麼客氣？一次到江南旅遊，用餐後，著清裝的女夥計分兩排站立大門歡送，母親客氣，鞠躬回禮，一個時裝，一個古裝，兩頭參拜，著實有趣。

母親常說人要積福，除了捐款等物資外，她也積無形的福。以前我數落她，現在則莞爾視之，以前覺得跟人買東西，還跟對方道謝，著實愚蠢，現在不回頭跟店家說謝，還真不習慣。

歪理若戮力實施多年，可以成為真理，母親充分印證了。母親所作、所言都是歪理嗎？仔細想來，教忠、教孝、教慈、教悲，哪一樣不迂腐？又哪一樁不是做人處世的道理？說到底，母親的信仰非常簡單，只一個「善」字：而要力行，不帶點點傻氣，竟萬萬難行。

行事小心，律己甚嚴的母親，竟在村頭以樂善好施著稱。這事我問過，她說得不清不楚，我沒慧根，也沒聽得明白。母親年過六十以後，便收束或長或短的髮型，常年梳個髮髻，再用黑色網袋包起，我還記得她少婦時一頭長髮烏亮，更不可思議地在老相簿，看見她一頭亂髮，捲東捲西，而我幾年前無意中蓄髮，才驚覺我完整繼承了那一頭凌亂。

行善要傻氣，更要有吵架的勇氣，為此父親多次拍桌，他扛水泥、挑磚頭的辛苦錢，宛如城市裡的莊稼漢，太陽照得清清楚楚，雨天也看得明白，母親轉手一捐，血汗都在他人口袋。

母親解釋，不是他人口袋呀，而在芸芸眾生、在後裔的福田上。

可惜，當時我沒能轉達。我老覺得那是生命的一場魔術，母親的戲法。

老街必須老

石砌青石、紅瓦屋簷，沿河楊柳青青，行人穿紅著綠，老街不老，顏色與人氣，讓它的老，溢滿喜氣。

走盡福州三坊七巷，與友人轉進一旁堤岸，走著走著，這街道、這氣息，似曾相識，杭州老街不就長這樣子？幾年前，大陸幾位文友應邀抵台長住，在新店為他們洗塵，來客說得坦率，「一到台北就想逃回北京，怎麼台北這麼舊啊？」多逛了點、多回味了些，方解台北的舊是刻意保留，大陸的老街常是掀了、拆了，再蓋個一模一樣的。有次與管管、東年訪談台兒莊古城。說是古城卻似嬰囝，它已經完成可以營業的規模，以此為核心擴散，一邊拆、一邊蓋。

舊事物、朽建材都像壁癌，除之惟恐不夠快，更以為必須新了，才能堂堂正正跟上時代。澳洲景觀設計師阿特肯（Ken Aitken）如果看見肯定惋惜。一九七九年，布里斯本喬治街最高法院被拆除以後，他撿回一八七七年從袋鼠角懸崖切下的石頭，鑲崁在他的臥室，成為骨董或時鐘，提醒我們時間與靜默都是風景。

他踏訪廢棄的戲院、監獄與麵粉工廠，用專業與審美，讓一塊磚、一把椅子，繼續與時光流轉，而不是燒了、埋了。

沒有了年紀的老街，很像作弊，型態容易複製，精神卻渙散。還好這情形已經止住，訪廈門或紹興都好，名人故居絕少扳倒了再蓋一個新宅，名人的起居未必金碧輝煌，最常桌椅都寒，正因為這樣的圍繞，才得梅花撲鼻香。

看古蹟時，最常撿起時間，讓它成為我的另一根骨頭，再用它，刺探一些綠意。

小丑與王爺雞

瓦昆・菲尼克斯演活蝙蝠俠「別傳」《小丑》，可能與他吃素有關。他不只演人還揣摩雞。他是素食主義，無法想像雞被飼養，只為了增肥、被宰殺，雞隻咕哩呱啦，聽不懂不代表那不是哀鳴、不是求救。

瓦昆・菲尼克斯不知道，有隻雞逃脫宿命。那年安祖厝，我跟父親、弟弟，被通知「追龍」。全村男丁百餘，凌晨三點齊聚宗祠，跟隨法師與舞龍陣仗，一起追。

屋宅有靈，大興土木時龍跑了，所以得迎回祖厝。出發前，法師為公雞做法，牠聒噪不安，法事後安分棲息轎頂木桿，像樂意一起追，並迎接牠的新身分，一隻「王爺雞」。雞，擺脫養肥、宰殺命運，大搖大擺吃進每一戶人家，聽說還跑到左近商場，沒有人有權驅離，只能等牠吃足、逛夠，自己走開。

瓦昆・菲尼克斯不肉食、不穿皮毛製品、不接牛奶廣告，強調每一位素食者每年能救兩百隻動物，期許人們善待有靈，獅子跳火圈、大象踩氣球，都是剝奪。

瓦昆·菲尼克斯常演壞蛋，尤其是《小丑》，被逼迫的邊緣人，四面楚歌，到處都在追殺他。反擊才能證明存在，意外地引起瘋狂膜拜，一個人病了時、尤其精神病，常是社會冰山一角。有一幕是他把血，在唇邊左右劃開，小丑不想笑也得笑。

電影散場後等候電梯，女孩與同伴討論小丑，她很亮，不染或者不識塵埃，但也進電影院，看一些黑嘛嘛的元素，怎麼構造我們的家。我們以為的天亮，伴隨著深深的黑暗。

我想起那隻逃脫命運的王爺雞。下樓不禁抬頭，看天空有沒有王爺飛。

善牧有言

星雲大師曾在佛光大學開學致詞上，提出理想的教育是「體」、「用」合一。「體」，內在本體，就是良心、道德，講究信用與人格；「用」是活用，去私、存公，重視生活教育。辦學不是用圍牆圈養，而當牆作為隔離時，也允許化牆身為無形。

致詞中兩個生動比喻難忘，提到日本人性格像鴨子，旅遊領隊好當，揮揮旗子，團員不會爭論該在哪一個風光明媚處多逗留，掌握好規定時間，跟在後頭走。中國人則似公雞，只要一隻喔喔叫，頭抬起來，其他公雞就會猛力啄，見不得別人好。我想起小時候豢養的公雞。晨間旭陽昇，總是一隻雞啼、另一隻跟著啼，公雞沒有成群結隊的，雞族中，只見老母雞與小雞団成群碎步覓食。

鴨子倒真是結夥打劫。一回在馬祖東莒島，人去屋空的宅院，村人養了鴨子，我們無意間驚擾，牠們憤於地盤被冒犯，一夥兒奔竄過來，呱呱聲與啄勢十分凶狠。動物習性與人，細細歸納都可以找到共通點。

傳說張三丰在研究出太極前，曾目睹蟒蛇與烏龜大戰。蟒蛇敏捷，蛇信嘶嘶作響，聲勢驚人，烏龜和緩復和緩，料不到蛇敗於龜下，才知道慢、緩、和，當它們合一，能夠以慢打快、以靜制動。

人世間，二元的、參差者，比比皆是，有時候處於對立，有時候也能走在一起。公雞與鴨子，農家後院常見的家禽，習性大不同，善牧者能施五穀，把牠們作育成豐饒的景象。

兩個熊寶貝

許姓高中生，花了十五年，才諒解印尼籍保母在她四歲時不告而別。

保母有名字的，不是隨口喚喚的「瑪莉亞」，而叫「小櫻」。粉黛顏色適宜帶嬰囡，也預言了她的季節性，在台工作時限到臨，除了小女生外，整家人都知道小櫻隔天就要搭機返鄉。擺在小女生床頭的泰迪熊、用中文寫上「我愛你」字卡，是老早就預謀了，當作彼此擁有過的證據，讓時間的型態具體為熊，可以抱、並且撒嬌與流淚。

不告而別，是因為一旦說了就無法解，小女生哪能想像第二位媽咪是租來的，而媽咪又豈能租借？

移工在台灣日漸普遍，我多次擔任北市勞工局外籍勞工詩文評審，感激頭家照顧者有之、哭訴被虐待者不勝枚舉，我的朋友左家瑜，曾收到長巷陽台投擲出來的求救信，夥同警方查探，雇主家富貴，但讓外勞與狗同住陽台，凜冬時只給一條薄被。虐傭驚動社會，隔天左家瑜經營的咖啡館擠滿採訪車，這事件突顯人心多窄、多壞，難怪孟子「人飢己飢」被當作從政理想，人性部分也許荀子看得深，仁慈如流域，源頭要有、雨水也不可或缺。

託網路時代的福，許姓高中生憑藉一張合影與小櫻遠距見面，她帶給「媽咪」一個禮物，用印尼文說「我愛你」。這也必須練習與預謀，並且是心靈的鍛鍊。她傷心小櫻不別而去，眷念並且懷恨，小櫻六年後曾訪許家，但十歲大的女孩一心一意向陰，刻意忽略她的來訪。

愛過了、恨過了，是流行歌詞，它們每一天都在發生，我欣喜他們找到彼此，而且他們的房間裡，都有熊。

生死一線

新冠肺炎擴散，全球恐慌之際，我收到微信短片，敘及十七世紀歐洲爆發黑死病，一年不到，死亡幾半。英倫南半島傷亡慘重，北半島則倖免於難，關鍵在於南北交壤處、一個叫亞姆的村子。商人帶來黑死病，全村驚慌即將奔逃，牧師威廉莫泊森站出來，北逃，病毒也一路向北，呼籲大家留下，把善良傳遞下去。全村響應義舉，最終三百多人僅幾十人存活，牧師也罹難。

金門外海有座建功嶼，往昔收容痲瘋病患，舊名痲瘋島，漲潮時周圍都海，退潮時，海讓開了路。痲瘋病人或獨自蹣跚而行，或由親人陪同送來，沙灘踩踏，一步一陷，此別將是天涯。當潮退，病人看著來路，必也得磨練心志，必也得孤獨求死，才能不走向人間。

求生、避死，人之本能，只是自願地不攀城牆、不渡險水，這是與自己的對抗。

疫情期間，各國派遣專機從中國接回人民，法國接回的僑民安排在地中海沿岸馬賽西邊，被隔離者一人一室，還可以看海。澳洲僑民被送往聖誕島，安置在移民拘留中心，聖誕名字好聽，實則沒有禮物、也缺醫藥。陳時中部長面對鏡頭陳述第一架包機，即將從武漢載回國人。不逃與逃出的，眼前都是險路。疫情嚴重，生死關天，大陸一名婦女衝闖管制區，嚷嚷我不過去、我不過去，讓我女兒通過就好。

千古艱難唯一死，千古的幸福，也在疼惜心所牽掛者，無論那一條線是牆、還是海。

古人連續劇

探望父親時，如果不拌點聲音，時間顯得太乾。父親與外勞相對難言，不出聲，很容易感到荒涼。立門外聽，好多人哪，推門，客廳僅父親與電視機。父親耳朵愈重，音量愈大，父親埋怨他聽不到了，我常趁父親如廁暗中調降音量，並解釋耳朵與聲音，怎麼惡性循環。

父親不斷溫習老電影，我質疑他怎麼不看別台，但跟著老劇情的好處是，無論從哪裡銜接都能無縫接軌，單是周星馳《唐伯虎點秋香》看了不下數十遍。父親透過民間野史知道唐伯虎，每看一回強化一次印象，風流多情、家財萬貫，甚至電影中塑造做武功高手，都讓傳說滲透一層。

唐伯虎山水畫、人物畫聞名於世。才子有才，風流倒未必，命運坎坷，生活與求仕之路都不順遂。二〇二〇年冬，故宮南院展出唐伯虎〈山路松聲圖〉，我適逢到南華大學演講趁機觀賞，但見畫中山路崎嶇溝壑深，老者靜聽松風尾隨攜琴童子，畫，我是不懂的，但依然感受到才子無拘、自在的人生冀求。唐伯虎渴盼的生活，到了二十世紀，電影幫他完成了，還改造成傳奇。

藉古人為資本發財這事，我一向忌諱。調遣康熙、雍正與乾隆，製作後宮勾心鬥角驚奇，讓漢武帝變身少年英雄，一步步成為仁君，召喚武則天英靈，以女皇帝回應當下的女性自覺。亡者何其無辜啊。不過，以歷史名人為戲劇根本，跟看老電影頗有雷同，無論從哪裡看，多能順利連續，跟著接到童年的野史線頭。

當年啊，肯定有誰為父親說起唐伯虎，我們不計較真偽，只求引人入勝，帶我們到達故事的遠方。

長角的夏天

我不認識周興哲，但因為他這句話，「當你夠愛一件事情，就沒有什麼能阻止你往前走」，而上網聽他〈以後別做朋友〉及〈你，好不好？〉兩首 YouTube 點閱破億的歌曲。〈以〉是電視劇《十六個夏天》片尾曲，那一年他才十九。我的十九，什麼都不會，走上大街衣袖捲風，大有人世江海都在股掌的氣慨，人不輕狂枉少年，只是自我感覺良好以後呢？

我人生的一個大決定是提早服役，二十歲生日在軍營度過，擔任班長時，班兵都年長我三五歲，知識、領導統御比不過下屬，唯有體力贏過許多，一有歧見經常整軍操場見，跑步、伏地挺身等，不只發號施令且一起操練。我如蠻牛一條，是當時必須長出的角。

孩子屬牛，我也好奇，他該長什麼樣的角。他高、瘦，體位不佳，二〇二〇年二月完成兩週兵役，結業後疫情開始擴散，我憂心他的前途跟疫情並無二致。每個孩子跟作物一樣，熟成期不同，我耐心等待他學爬、學走，學著做出影響自己的大決定，我鼓勵他的話如同周興哲，「找一個，你願意付諸一生的事。」

《十六個夏天》談人生的錯過與交織，誰與誰愛上了，是人在走也似天在布局。小時候住鄉下，馭牛耕田是爸爸擅長的，轠繩不能一味緊，牛不願意走，也不能一味鬆，牛不耕田走到一旁涼快吃草。

我無意當馴牛高手，事實上連轠繩都無，孩子即將大學畢業前跟他說，外頭有草原，但也有肉食性的老虎與狼群，當時，我闖了出去與牠們一一面對，而今該是他用他的牛脾氣，長角的時候了。

冰川祭禮

「人定勝天」曾激勵人們在困苦時代，拿開山刀披荊斬棘、高舉鋤頭與旱田對抗，人的意志磨尖了都箭一樣，射出去再射出去，沒有抵達不到的遠方。

足跡踏得太遠，伴隨吃喝玩樂與一切文明，儉約被當作笑話，揮霍的不只是自己時間，而把世界削薄了一圈，暴雨、烈火，災難頻傳。人，作為改變世界的根本，面對巨大難免無能為力，這就容易妥協，睜隻眼、閉隻眼，當一隻埋入自己翅膀的鴕鳥。

這些的看不見，一一被看見了，比索爾山，約莫與亙古等長，長久以來頭髮皚白，二〇一九年九月，瑞士氣候保護協會率員百餘，穿弔唁的黑衣裳，沿阿爾卑斯山脈跋涉數小時，爬上瑞士境內兩千七百公尺的比索爾。山已經失去仰角，豐厚的冰川從二十一世紀初開始融解，到〇六年已失去百分八十體積。

冰川與山，竟與時間離散，它會老、也會死，弔唁的意義在於揭示，沒有人類的看顧，自然不會是自自然然，而可能非自然死亡。

群山冰雪消融，冰川只餘一弧孤水，露出崎嶇、病黃的表皮，像被誰無禮褪去衣裳，輪廓瘦、肋骨突兀，無助地與人們對望。這是冰川底下的真相，難怪最好穿上冰雪，站得剽悍，站得永遠。

鄉下人相信，山與樹以及河流都有靈，挨著它們取暖，也常帶香燭祭拜。只是人們踏出去的方式變多了，雙腳、輪胎、口舌以及講究的室內溫度、車內空間……踏出去再踏出去，終於踏垮一座山。

我在世界的這一頭合十，聆聽他們哀弔的手風琴。

民宿藏寶圖

回金門常住民宿，因為它有一個打開的天井，容納旅客。能夠聊的、願意分享的旅人都會來到中庭，民宿夜不只是夜，而是八方旅人，交換地圖的地方。

曾經有位旅人，熟悉地震、自然與環境，為我述說一六〇三年，泉州發生規模八的大地震，相同的地震若發生在金門，華美的古厝恐盡成嘆息；歐亞板塊不斷變更世界屋脊，喜馬拉雅山每年都往上長高一點點，連一座大山每年都改變，人世還有什麼不能變？

小時候酷愛藏寶圖遊戲，可往文具行購買，印刷精美，亦可自行製作，雖粗糙，但不影響冒險樂趣。出題者把藏寶圖捲成軸，我食指輕按地圖，沿路徑而行。往右，可能遭遇骷髏頭或砲彈，往左可能是生路。然而誰知道呢？常在安然渡過了岔路，看見沒走上的，果然是一個陷阱，暗自慶幸之餘，圖繼續開，路繼續來。出題者的卷軸愈來愈短了。捲成圓，到底還有多長，就不確切了。

旅人就是我的出題者。另一位旅者說，他原是三十年前水頭區的指揮官，傍晚依循著舊的記憶，重回營區查哨。崗哨已無兵、營區多頹倒，只有記憶、青春，往前走自然有風吹來。他走了兩圈、又走兩回。他已指揮不了任何人了，但揮指了記憶的舊址。

沒有一樣的藏寶圖。沒有一樣的路徑。但我們知道，卷軸的盡頭就是寶。古蹟、生態、攝影、美食、人情等，各有地圖。這個卷軸就在一個夜裡。

熱。喝了高粱更熱，我們架出風扇，往中庭吹。遲歸的來客解釋為何遲歸，沒有關係，地圖打開它自己，從來不嫌晚。

人與太陽能

「種電」是股新興勢力。種田苦、租給人耕種租金也低，租與光電業者種電則收入陡漲，吃飯、穿暖，不再看天吃飯。

硬灰的太陽能板不是好風景，但我清楚記得十多年前踏訪大陸，大樓頂上，太陽能板與熱水器幾乎是全民設施，對比台灣能源政策的遙遙落後，不由得吃驚。太陽是乾淨能源，尤其石油高漲時，替代能源成為焦點，也曾造就太陽能廠茂迪、益通等，股價直飆。

我曾在南部參訪，青年回歸故里帶來新的莊園，屋頂租借給廠商種電，但不蓋成缺乏美感的鐵皮屋，有長方形、正方形以及菱形的透空處，引進陽光，培育作物，租金收益投資灌溉系統，莊園用電量都有譜了，還多了一套應付乾旱的給水設備。

莊園底下，便有美麗的天際線，光影移動中，渾似好多組樂高堆著光的圖案，並適量提供作物光合作用。當然，把屋頂蓋滿了會得到更多收益，但種電不是目的，各讓一步，主人兩種綠色資源都擁有了。

傳統太陽能板須避免陰影，新加坡科學家研發出陰影效應發電（SEG），明暗對比愈大，發電量愈高，該款板料由透明塑膠與太陽能電池組成，鍍上十五奈米厚度黃金，竟比傳統面板成本還低，且構造簡單、發電量穩定。

每逢熱浪來襲，台灣用電量飆高，常會留意能源新聞，人體賴血管維生，一座城市的微血管就在看不到的水管、瓦斯與電線網路，它們緊密無縫，我們才有日常一天。

我家西晒。熱烘烘的下午，打開冷氣時禁不住想，什麼時候，各種法規與因緣都具足了，才能把太陽能板種在我家的玻璃上。

太極聯想

一度以為當黑手會是我的職業。事發在國中畢業，聯考不理想，說服自己也許進入職科，能開發潛在能量。面對兒子的選擇，母親只能勤跑各大寺廟，一求再求，總有位神祇慈悲應允，給母親一張好籤。

南港高工重機械修護科。到底多重啊？得學電銲、氣銲，能把鐵塊斬成一公分長的鐵片、十五分鐘內必須拆組柴油引擎。我的手整天汙黑，這並不能證明我能勝任黑手工作，正是在一次次檢驗中，我再一次逃離提早入伍，退伍後考大學。

走進吳律謙、吳家億兄弟檔的彰化廠房時，一抬頭親切無比。「鈞匠」鋁門窗，公司識別標誌是一支昂首的羊。名字與生肖彷彿為我打造，我比他們更像是老闆；我生肖屬羊，更擅長肖想。

技術工人們，就是慣稱的「黑手」，但現代化設備與流程，沒有一個人手黑。吳律謙為我講解風的物理學，根據氣流，那邊挖挖、這裡鑿鑿，輕輕鬆鬆幾個孔徑，讓室內與室外等壓，花五年給鋁門窗安了個名字，稱作「太極」。我心頭一聲哎呀，這不就是當年我投讀職校的願景嗎?可是我逃了。吳氏兄弟沒有逃，父親意外過世後，接下祖傳事業。

太極拳，有陰陽、剛柔等幾股力量，我曾學習幾年，老師說，吐納時要想像氣息的移動。氣，不單盈滿肺葉也在意念之中。我沒問兄弟倆是否練過太極，不過，他們已經打造自己的拳譜，我站在實驗室前面，十幾級的大風雨在密閉空間，掙扎著要出來，我伸手向窗縫，它們的確被釋放了，柔柔的風吹拂手背，很春天。

狗的故事

我與動物不親，但羨慕能與貓、狗親暱的朋友。小時候上學，我必須經過兩處狗的威脅，一是鄰居的黑狗，精瘦身材，綁上鍊子，每回經過都吠聲不已。更大的威脅是崗哨，狼犬非常大隻，牠撲來時，咆哮與鐵鍊一起作響，我手持棍棒帶頭走在前面，保護比我小的學童們。

崗哨衛兵太無聊，上午、下午，一天兩回戲碼成為生活調味。成長在戰地，我所見的任何一條狗都不懷好意向我撲咬，我怎麼能愛上那些獠牙。無法親近狗，但常被狗故事感動，電影《極地長征》八隻被暫時棄養的雪橇犬，掙脫項圈獨立求生，等待男主角歸來。牠們有內鬨、但也組織作戰，狩獵比牠們更壯碩的獵物。

澳洲野火燒出狗英雄「熊熊」。這條狗，狗品怪奇，不擅與人親近，一歲以前且躁動，牠對獵物沒興趣，但嗅聞空氣就知道熊在哪裡。牠穿上保護腳掌的特製鞋套，頓時變成武林高手，告知人們熊被困在哪裡。《冰與火之歌》主角群都擁一隻白狼，忠貞守衛，人與動物的情感讓冰雪沒那麼冷冽。有張被瘋狂轉載的照片出自印度地質學者，他到婆羅洲野遊，看到森林保育員跌落混濁的水池，一隻紅毛猩猩經過池畔，左手支撐身體在岸邊、右臂伸得長長，給受困的人一臂之力。保育員如果伸出手，那就更經典，然而這不是拍片，他慢慢走到淺灘自己上岸。

有次與母親回外婆家，狗兇，母親朝牠走，邊說，「阿彌陀佛，你是一條好狗，不要再吠了……」

母親走近，狗兒竟乖乖退守，蹲坐門前。記得母親也是怕狗的。

塔與神話

對塔的好感，源自《封神演義》托塔天王李靖。故事被製作為戲劇，李靖亮相必定托著塔，並依此為利器，斬妖伏魔。廟裡大拜拜，最吸睛的不是雞鴨等肉食，而是一座紅糖精製的塔，吃了，就算不生法力，該也能長智力。

塔，最早是僧侶埋骨之處，舍利塔就是供奉佛陀的所在，塔的改變很大，早已經脫離它的原始想法，唯一不變的是朝天靠近、且更近。

完成於一九九五年的吉隆坡塔，以東方文化為基礎，打造具備伊斯蘭風格的建築，出入口大廳的玻璃彩飾，似鑽石懸掛星空，「曾」是世界第四高塔。高度五百五十三公尺的多倫多CN塔，開放不同高度眺望台，感受高低不同間，城市天際線與它的風情，「曾」是全球最高的獨立結構體。「曾經」如此多，蓋高塔儼然國際競賽。

我到訪過上海東方明珠塔、澳門旅遊塔，「高」不是抽象體，而一點一滴抽取神經，讓我暈眩不已。旅遊塔外，有父母帶孩童綁上安全帶繞走一圈，有人穿戴裝備往下一跳，這些個嚇破膽，還得花錢買，我與旅伴的結論是，「給我們錢，還未必願意幹。」

雷峰塔是法海鎮壓白蛇娘子的地方，遊覽西湖，也特別溫習了一遍《白蛇傳》，塔已經舊，白蛇不知所蹤，隨著塔愈高，會不會產生一種虛妄，讓人自以為是主宰？

傳說，只要戀人一起凝視東京鐵塔凌晨零時熄燈的剎那，真愛將可長存？我很樂意都市與塔的傳說繼續流傳，這是祈願、也是謙卑，尤其一起看燈滅，隱喻了光明正在黑暗的盡頭。

生命靈數

我的真正生日，在多年前下午，意外地水落石出。當時，聯合報大樓依然矗立忠孝東路，一夥人評審後接著聊命理。藝文界不乏能人異士，駱以軍、宇文正、凌明玉都擅長，潘弘輝且認真學起《易經》，「生命靈數」則鍾文音獨步勝出。

她在空白紙頁畫好九宮格，每個人提報生日，她東填西補，在旁邊加總出一組數字，文音狐疑地看著我，如果我生日無疑、靈數無誤，譜出的三個數字該是天縱英才，就算不是舉世無雙，也該萬中撿一，「可是⋯⋯」她欲言又止。

我讀懂神情。我的真實狀況只合大量製造的成衣，絕非訂做阿曼尼。當時手機已有，卻無法上網，我撥電話給同事，給她農曆生日，換算為國曆，我的生日這才核實。文音看到真正資料說，「對啊，這才合乎你的特質。」

他們好奇生日，何以曖昧不明？我說窮鄉僻壤，生了孩子不一定能活，等活了，再報戶口生日就遲了。我沒說出的理由是，母親在生我之前，已懷過兩個哥哥，卻都夭折。

母親讓我做他人的契子、從小穿女孩衣服，還謊報生日，欺瞞惡意眈眈、意圖侵襲我脆弱生命的惡神。直到後來家族旅遊，在母親房中，微黃燈光醞釀敘述氣氛，母親才細說原委。

真相是，我冒用他人生日與靈數，天生的愚駑並不會因此清明。更深的意義是知曉自己極限，命理的微妙處不會是認命，而是知命。我極可能在第二天就遺忘數字，十幾年後當然也想不出，但不打緊，阿拉伯數字就那十個，找到適合穿上的，就和和搭搭穿它。

最棒的訪談

採訪大甲阿聰師，緣於路寒袖擔任台中文化局長，委託遠景出版社葉麗晴，謀以寫作的筆，賦予糕餅業者不同故事面貌。書成，是否完成使命不得而知，但因此結緣阿聰師。

阿聰師國中年紀就到糕餅店擔任學徒。烘焙蛋糕、麵包等不同食品，都需要配方，奶粉幾兩、沙拉油多少CC、蛋得幾顆等，師傅都小心翼翼遮掩量器，阿聰師只能機警地打量，完全不同現在，配方全部公開。

台北世貿中心尚未啟用以前，多假松山機場辦理商展，阿聰師夫婦常從大甲，乘車、轉車再轉車，到達會場，看烘培機、看自動化的糕餅機器，一九七三年阿聰師大膽標會、起債，花五十萬台幣，從日本買了一台半自動化機器，克服艱辛，以「開心奶酥」打開事業基礎，再一步步打造糕餅王國。

人生只一趟與一本故事，採訪他者是種擴充，我在阿聰師最早開基的「合味香」糕餅店，看到代售的茶葉、紹興酒以及土司、蛋糕，跟一般糕餅店沒有兩樣，但阿聰師發揚大甲特產芋頭，做出名聞遐邇「芋頭酥」，在二〇一六年春天，為我的新書發表會供應糕點。

一個月後參加大甲媽祖繞境，再度見到阿聰師夫婦。他們根本不讓我答謝贊助糕餅這事，而問我吃飽沒、一會兒繞境要帶水……我們已非一問一答訪談關係，而依稀風與雲有過一天的風景；更有意思的是它有種種分身，在各樣的賣場，為我溫習採訪當天，阿聰師頻頻為我倒茶，款待的糕餅爭著出來亮相。

我的開口，根本不是問，而在吃、在喝。阿聰師讀出我的滿足幸福，我相信，那是我最棒的提問。

男子漢島嶼

金門是戰地，更是男人變成男子漢的場域。不只一次，我在筵席、參訪等，遇到對服役舊事念念難忘的朋友，與鄧相揚一起大陸參訪，他不談被魏德聖改編成電影的《賽德克．巴萊》原著，而提他擔任空飄物資的作業情景。

金馬影展五十周年在金門辦理活動，已故藝人馬如龍在記者會上陳述，他曾服役金門，立下戰功獲得勳章，讓記者與來賓同感驚訝。我因為採訪台中糕餅，結識阿聰師，他設宴款待完全不提糕餅，饒有興致提起在金門當工兵，負責埋設雷管，專司爆破。

引線埋好，拉展到適當長度，還沒有打火機的年代，只能以火柴點燃，然後快速起身，往坑外跑，倒臥水溝作為掩護。「萬一來不及跑呢？」阿聰師說，引爆前都得事先演練，知道十公尺的引信多久燒完、得跑多快。再如何精算，總有算計不到的地方，幸好，算計經常準確，阿聰師在埋了數百顆雷管，建造無數的碉堡後，安全退伍，開始糕餅事業。

他說得清晰，因為記憶慎重，除了服役是他成為男子漢的地方，還在於苦的、熱的以及委屈，都會歷經重重壓力，而為結晶。

阿聰師曾帶領家人，回到金門服役時，那個「受災吃苦」的現場，彷彿在說天底下沒有輕易的事，而如果事情輕易，也不值得一做了。金門辦理好幾回戰役英雄回金門的活動。士官兵曾把生命擲與前線，讓青春供做兩岸和平的血肉，我無法記憶他們的模樣，但希望別後，他們一路平安。

他鄉遇見阿聰師，似也與十萬駐金大軍逢遇，寄上虔誠祝福。

疫情山頭

疫情擋下好多事，婚宴、出國等，都必須考慮人與人、國與國之間，能否在同個空間中呼吸。吸氣、吐氣，不能無礙交換者宜出去。

二〇二〇年一到九月疫情期間，酒駕取締數不到七萬件，十八年新低，事故則飆升，死亡人數達一百一十二人。與此同時，山難事件頻傳。行政院一九年宣布山林開放，疫情難出國，國人遊蹤指向山林，登山求救案兩天一件，包括罹難的比基尼登山客。台中市消防局在雪霸國家公園、大壩尖山等熱點，加設標語與各樣的提醒。

台灣面積三萬六千平方公里，超過三千公尺大山達一百多座，登山者敬稱「百岳」，最親民的是合歡山主峰，峰迴路轉停好車，步行一小時便可攻頂。松雪樓附近的石門山也容易，除寥寥幾座，其餘都難。

二〇〇二年，詩人路寒袖時任文化總會祕書長，邀約作家上山，與劉克襄、向陽、方梓、郝譽翔、陳列、林文義等人同行，嚮導走得慢，每踏一步，停頓半秒再向前，牛步爬玉山，登山快意消弭大半，但嚮導硬是擋在前面，不讓任何一個人超越。

慢慢體會，走得緩是因為路長，登山的快意不在快，或自以為豪俠。高中時，同學三人經過南橫啞口隧道，路前指標「關山嶺八百公尺」。我們冷笑才八百呀，連手電筒都沒帶，下午四點決意攻頂。我們在餘暉映照下，驚險縱走才得以脫困。

愛山、迎向山，體力裝備以外更要敬意。它不是誰可以征服的。我很慶幸一生中，有幾天與山路為伴。高顛險路、濕濘泥階，每一步踩好是我與山的彼此祝福。

至於壯麗闊景，不過它的一枚郵票。

為口罩延年益壽

蟄伏的冬季，我常不被自己喚醒，有人在時間前頭，提醒我農曆年後，春天來了。本來沒有例外，演講、評審都預約，非常準時，取消也非常及時，只消一句「疫情」，抵過千言萬語。

我的每一天充滿計算。哪些國家的變種病毒肆虐、哪些確診又趴趴走的台灣個例走過的路線以及又該訂出什麼罰則？十幾年前SARS來襲，我還在《幼獅文藝》編輯崗位上，劃分職責，不用天天到班，新冠肺炎傳播力強，媽祖繞境延期、聚會不被祝福，防疫規範嚴謹。

二〇二〇年一月，新冠病毒爆發前，我覺得不對勁上了趟藥局，口罩架上還有買二送一促銷。本想都買，心想留些給別人吧，購買量隨著疫情擴散顯得不足。我帶了幾個給父親，他語出驚人，「不用不用，口罩多得很。」打開櫃子，找到母親生前購置的幾大袋。

母親走了快四年，這些還管用？到期日都在二、三月，安慰自己這算即期、而非過期。

母親的先見之明，讓我暫時不用排罩，且接受親友致贈的口罩棉套、灑一滴茶樹精油，散在口罩邊緣滅菌，都可以為口罩延年益壽。疫情延燒後，口罩、衛生紙、米糧等都曾引起搶購恐慌，時光，有著獨木舟的不定與顛簸，與春天好時節形成反差。

冠狀病毒的威脅落實為不斷攀升的數字，歐美的防疫慢，讓他們過去一整年都在驚慌。我提醒兒子按我方法，延長口罩生命週期，他沒說是否，只回給一雙沒被罩住的眼睛。我心頭一聲歎，為人父母為孩子省吃儉用，而在非常時期，還得省下一只口罩。

慢下來敲門

過去年餘，新聞報導頭題常是五大洲地圖，再分列國家，以圖表呈現新冠肺炎確診數，台灣除了境外移入，本土病例連續「嘉玲」，成為防疫模範生，世界論壇紅人、友邦發言支持率高，為我有生之年難得一見。

值此同時病毒悄悄改變基因型態，英國變種也好、印度變異也罷，戰鬥力、感染性大幅提升，台灣仍以舊招對抗新怪，「超前部署」頓成「慢郎中」，五月中旬疫情爆發，各國友人紛紛問候，位置移轉快，一時間渾如夢境。新聞頭題捨棄世界版圖，而就台灣縣市統計確診數，未被病毒攻占的縣市愈來愈少，離島終於設置快篩，為醫療不足情況做了防患。

內外交逼，約莫如此。

父親期待已久的壽宴本訂於五月二十二，取消。十五拜拜，家人小聚，取消。文友聚會、唱歌抬槓，取消。我五月中帶食糧、蛋糕探望父親，並寬解他，壽宴或將延到七月，安全為尚。母親過世後，鮮少社交活動的父親生活單調，我有時故意超前部署預告二月到阿里山、七月回金門老家、八月三重朋友來聚……這些日子在父親生活形成註記，如同我還是學童，巴望週末來臨。關於昨日事、未來事，是我跟父親閒談的重點，而今一一取消，我安慰父親，疫情總會過去的。

父親不愛外出跟他長期勞動有關。少年時種田捕魚，中年移居城市挑磚鑿牆，他的歲月是不斷蹲下、站起以及行走，沒有片刻閒，退休了，不再需要扛起太陽、汗水與厚重，他的名言是好好坐著，該有多好。

我們當然反駁。如果人人如此，人際不熟、經濟不流，財富與進步無以累積，何況是進步？父親觀念根深柢固，他實在想不懂頂烈日流汗水，就為了眼前一片海？那座他年少時代每天早起、冒生命危險，只能勉強圖溫飽的海？所以帶他看海、爬山等，父親常敬謝不敏，有時候同行不為風景，而為了不曾經歷他歷程的兒孫。

因而，我的安慰快捷有用，關於可能的封城與延期的壽宴。待家中是父親最愛，疫情延燒，確診數儘管修正回歸，每天仍是五六百，在家上班、上課，成為大眾的不得不。

我的人生長期間屬於陀螺狀態，拉扯的線在他人手上，扯開了，評審、演講、座談、參訪、會議等等，搞得我的人生型態糊塗一片，疫情來襲活動一一取消，習慣轉動的陀螺閒在一邊，還真不像一只陀螺。

關在家抵抗疫情也是內外交逼。不明感染源愈多，意味了前往每一個他處都危機四伏，以前要求家人進家門必須換穿家居服，終於獲得認同，不再數落我機車，酒精隨身攜帶並不是掛在脖子當護身符，凡接觸過都必須噴灑，購物袋、背包等極可能接觸口沫也不要放過。鞋子、門把、玄關等，最容易夾帶不明物，也要灑淨。

門外，確診與死亡人數不停攀升，出門採買物資猶如戰時搶灘，都踩在生死線上。但我發現，當我專注在個人能力所及的小事上，我就心安了，猶如母親當年煩惱她的女婿、孩子，輾轉失眠之際，這才發現佛可以託孤，一個人孤單之際引起的種種煩憂、寂寥，都可以一一託付，母親不識幾個大字，竟可以背誦大悲咒，把梵文唸成母語，讓我佩服。

不外出，日子真的可以分成上午、中午、傍晚、晚上以及凌晨。以前它們如同滾泥，滾動了但難以管理，如今列管，原來就是生活中大小事，尤其民生大事。我跟已在工作的兒子說，如果你跟他們一樣，我可能也得陪你線上聽課了，我指著螢幕上的中學生，如果你更小，我們就把玩過的、已經收藏裝箱的玩具再一一取出，讓彼此再回味過往時光。

架上的書籍終於重獲主人青睞，灰塵以及內頁斑駁，都說明我的舊症，以為書籍只是買來藏匿，我且找到幾張老照片，當年隨手往書裡一塞，差點塞成天長地久，永無天光。日子慢下來了，但有其節奏，這節奏尤其對應肚皮，當它們咕嚕咕嚕發出抗議。

食材因為珍貴絕少有浪費的時候。櫃子是無底洞也是藏寶圖，往深處探尋，麵條、罐頭、竟然還有未開封蜂蜜，如果過期何妨當作即期，吃一小口沒事便能大口吃喝。

別忘了適時教育，哪款青菜易腐、哪些水果易存，我一一與兒子討論。疫情期間，飲食莫以喜好為先，而應該想著怎麼保本，從容易壞腐的先吃。

關自己在家裡，我們必不能如達摩面壁，定、靜而能悟道，但我們也能從容體會萬物萬性，它們蟄伏日常許久，而今一一為吾輩發現，並且慶幸還能給老父打個電話、給大姐留問候貼圖，給生肖屬虎愛發無名火的朋友、給癖好屬獅愛八面稱王的朋友說，世界要我們暫時安靜。

沒有歌頌災難的意思、也不純粹苦中作樂，而是事情來了，總得有個肩膀跟扁擔，扛起它們，並試著往前走幾步。

既然家門難以出，那麼就在房門與房門之間，敲它們幾下。尤其心頭那片門板。

兵馬俑與我

到訪陝西兩回，一次陣仗大，作家十幾位，飯宴飲酒、車程中唱歌，還故意唱些愛國歌曲。另一次與宇文正同行，參加亞瑟蘭舉辦的回教文學頒獎。這次孤單但好玩，跟宇文正相偕逛街，路邊的烤玉米至少買過兩趟，不過幾天光景，依稀晃悠好幾年，也許古都有偷換時光的能力。

到陝西訪兵馬俑，已經是必備景點，旅伴不分兩岸常說，「你像是走出這古老戰陣的人哪。」

我說不像哪，武士們個頭高、身材闊，兼肌力遒勁，或站或蹲，或扛盾舉鎗，都力霸山河。那是血氣凌駕一切的時代。我說，我沒那樣的血氣啦。他們讓我站在武士旁，指點我說，你們瞧瞧，高額、高鼻子、五官深，活生生一個兵馬俑。

高額是好聽，認真說，「卻是雄性禿了。」旅伴沒搭理我的答辯，參觀別的去。我不是拒絕像一個兵馬俑，那段殺伐的歷史。戰陣裡，兩軍狹路相逢，將軍布陣，大刀起落，飛鎗似蛇。血氣鋪天蓋地，眼紅了、天空也紅了，我小心翼翼，按下避免紅眼設置，拍下照片。

這是一個離血氣跟榮耀都很遠的時代，流一滴血都心疼，何況是掉頭顱？別說古戰場了，我都懷疑當下兩岸，誰還有血氣、勇氣，為國家拋頭顱、灑熱血。兵馬俑是戰陣裡，一個沒有人可以模仿的故事。

我也無從模仿我的八歲時。一個下午，我鄭重地執起原子筆，翻開學生帽內襯，很用力且一筆一劃、才能寫下「人生自古誰無死、留取丹心照汗青」，當作人生座右銘。

八歲的我死都不怕，現在的我，打任何一種疫苗都怕。

坐好歲月

童年記憶裝得滿，留存的物品卻沒有幾項。小時候跟玩伴在廟口以撲克牌賭橡皮筋、彈珠跟汽水瓶蓋，至今，有關「擲準」的遊戲依然拿手，射橡皮筋、丟彈珠等，都是訓練多時的絕活。

我們甚至敲平瓶蓋、磨利邊緣，在中央敲兩個孔，綁上棉線，兜著瓶蓋轉，互相比拚。離開故鄉時，鄭重地把一箱瓶蓋交給侄子、一箱藏在防空洞，十年後返家，一個都沒剩下。

追溯童年，靠自己記、靠旁人說，再就是稀少幾張照片。有次回家，跟父母鄭重索取「全家」在金門唯一的合照。外婆七十大壽，我十二歲，弟弟小我兩歲，坐我右邊，母親白裳長髮，頭上一朵珠花，父親站在她身後，模樣清瘦，跟三十年後的小弟幾無差別。

七個大人、十個表兄姊弟妹，團聚在狹隘的大廳，他們向中心、向座次上座的外婆、大舅、二舅靠攏。喜帳掛在右邊牆上、毛毯懸在左側鐵絲線，紅撲撲的喜氣是照片的氛圍。

神桌上，兩只胭脂色的壽桃，總讓我想起孫悟空大鬧天庭，靜坐在那兒，以肥大的曲線，敘述它們的飽滿，在今天望去，又像面壁靜坐的達摩祖師。壽桃下頭，四隻仙鶴分立兩側，再是蛋糕、水煮紅雞蛋、紅龜粿。蛋糕故意站得斜，以便入鏡，蛋跟粿卻疊了一層層，十足的豐盛。壽桃上面，無法入鏡的是南極仙翁賀匾，黯淡處，料是攝影機閃光，打在紅燈籠，遺下兩道影子。

外婆已仙逝多年，每回目睹照片，都還記得當天的喜慶氛圍，母親擔心沒能掌握少數拍照機會，催著我跟弟弟，「坐好、坐好……」

而今看，他們都站好著，也都好好地坐在我心頭。

重返廢墟

偶會聽聞同行朋友，大力讚揚「廢墟」，尤在評審場合，最常見的是舉朱天文《世紀末的華麗》，詹宏志為書推薦，「更令人畏懼的是，世界並不與我們共同老去，它會繼續翻新，會有更多擁有大量青春可揮灑的新人冒出來，棄我們於角落獨自老去」。

廢墟本就指陳時間，而今更與肉身同行。因為迷戀廢墟，評審同行迷戀凋零眷村、被老榕橫腰侵占的老宅、鏽蝕的綿長欄杆、搖搖欲墜紅磚牆角幾朵盛開日日春，以及規模龐大、纏滿九重葛的國宅大牆。我們喜歡時間將腐未腐、氣味將散未散，有一種枯萎盛開。

我也曾經走入許多廢墟，童年電影院、海邊曾經停放裝甲車的壕溝、廢棄碉堡，有的還有路，多數已經沒有路；它們被新樹擋住，綠意都是獠牙。

宜蘭土場國小因應太平山廣袤珍貴檜木而生，樹木資源耗盡、森林鐵道遭颱風摧毀，一九七八年撤校。四十多年後，七十歲的校友廖文龍不信學校被土石埋沒，偕妻踏上返校路，憑著開山刀與記憶，找到母校。六十歲校友許秀雲不忍母校再被遺棄，花一年整理學校資料與照片，見證台灣林業發展，向宜蘭文化局提報為歷史建築。時光都是纏綿。

有一年陪岳父遊覽金門，他執意增列小金門行程，為一睹服役時受苦受難的營區，方位記得、回憶難以靠攏，走上幾處山坡探看，「沒有了，都不見了……」

活著是迷戀，活過的也是，我非常清楚這些都是人生大戲，我多少次回老宅，就為了找一找可否有母親遺漏的湯勺、筷子。

我，是最大的廢墟了，住過的人在回頭時，都一一被我看見。

三個姊姊

美寧（Mattel）一九六七年到台北縣泰山鄉設廠，我剛出生。當時大姊八歲、二姊五歲、三姊三歲。

美寧以生產芭比娃娃聞名，台灣正值開發期，好的壞的都非緊要，關鍵在於能否開闢就業機會，增加台灣「外匯存底」。泰山時為石化與紡織重鎮，加上瀕臨高速公路，獲得國際大廠青睞，原料生產到包裝，都在泰山完成。

一九八七年，美寧撤出台灣，二十年來生產芭比娃娃十億個，銷售全球一百五十餘國，工廠作業員女性居多，被稱為「美寧姑娘」，是許多小夥子的熱烈追求對象。那一年大姊二十八、二姊二十五、三姊二十三歲。三個姊姊沒有待過美寧，而在高速沿路沿線南崁加工區，很可能耳聞美寧，並且預備跳槽。

大姊十六歲、二姊十二歲、三姊十三歲時，紛紛投入加工區，成為童齡作業員，半是強迫半是歡喜，因為養雞養鴨上山下海，日子更苦。三姊尚且以不讓她到廠工作，認為父母偏心，拗著不讀國中。我多次看到她們的活動照，郊遊、烤肉，而青春亮麗的三姊更加入啦啦隊，無袖上衣、熱褲，今日看來不過尋常，於當時可是熱火打扮。

二〇〇四年泰山鄉公所成立娃娃產業文化館，紀錄經濟與文化脈絡，我一個局外人無端想起姊姊們的童工時代，以及一九八七年前後，兩岸開放觀光，台資前進大陸，頗有以經濟光復大陸之態。

我也想起許多逐利而居的大公司，汙染留他國、利潤收進自己口袋，血鑽石、新疆棉，都引發熱議。台灣已經挺過艱困，但在國際戰的商場中，必定還有很多很多的，「三個姊姊」。

求婚裝甲車

金門慈堤旁邊的海灘，裝甲車漆上草綠，炮口依然朝外，但已沒有火苗，成為景點。武器不再沾血，這是和平的榮耀。武漢疫情期間，新聞報導的一個焦點是中共權威管理，報喜不報憂、且習慣隱匿，新聞調播六四天安門事件，勇敢的抗議者擋住前進的裝甲車，肉身哪能與鋼鐵抗衡。

那是人民的發言。用他的血肉模糊，寫幾個字。

小時候居家後頭部署許多兵種，最惹人側目當然是裝甲部隊，每當裝甲車開進村頭，履帶轟隆隆輾過的泥地都咬痕深刻，這是戰地的平常，沒有人外出圍觀，雞、鴨、狗與人，該啼該吠該扛鋤頭的，都走在他們的路肩。

海灘陳列的裝甲車，不知道有沒有一輛來自我生長的村頭？俄羅斯女孩科佩托娃肯定永遠記得有十六輛裝甲為她排成愛心形狀，男友卡贊瑟夫引導她站到中間時，她可能無從判斷裝甲車不是隨機排列，人的視覺無法拉高如無人機，俯瞰中才好現形。

男友手捧玫瑰一跪，「我們歷經時間與空間的考驗，嫁給我吧。」這時裝甲排列的愛心，才顯其形態。求婚的錄影發布自俄羅斯國防部，這讓我錯愕且驚喜，殺人的武器也可以作為情人節賀禮。卡贊瑟夫說得好，時空過往了，我們猶然存在。砍殺敵人的藍波刀，也可以用來削蘋果皮、採摘一束百合，可以讓一隻鴿子從它的反光間飛出。

慈堤海灘，炮口朝向不是敵方，只是剛好對焦夕陽。

羨慕羅智強

父親講古很有畫面，與羅智強父母難分高下。主編《幼獅文藝》時，羅應邀寫大陳島風土民情專欄，還原日本侵略以迄遷徙台灣的打拚，集結為《靠岸：舞浪的說書人》散文集，情節動人，我調侃他，有記憶好的父母真好，「你只要負責記錄整理就可以了。」

父親描述能力強，當年搖櫓駕小舟，到廈門販售農產，邊划槳、還必須邊舀水，免得船沉了。父親描繪精細兼比手畫腳，彷彿看著昨天日曆。

二〇〇六年八月，第一次假小三通到廈門。執意走這一遭，一是節省經費，另是踏上隱匿五十年的水路，溫習先祖走看的風景。這景緻，在敘述中披上時間靜默的外衣，沒有莊稼漢拚搏的血汗，多了悠遊愜意。

金、廈都講閩南話，腔調毫無差別，才下船，就有操金門腔口音的司機問我，要去兜位？碼頭附近商圈恍如西門町，同行朋友不時認出逛街人潮裡的同鄉。廈門在清末列入通商港口，廈門大學且躋身十大名校，島上豪廈環立，富庶繁華。金門，本可以走上廈門的模式發展，一如歷史沿革，兩門相望、共榮，受戰爭阻礙，一是城、另者成為鄉。廈門的光，依稀金門的暗。

這些年愈發感受暗的美好。它有種幽幽情思，於是下榻民宿，入夜後都在找開關，關掉燈火。

不懂水性，母親對一家子的叮囑都是不要靠近水湄，而駕過小船、開過漁船的父親，不會游泳真是出乎意料，「不要落海就好了。」父親說得天經地義，換來我的不可思議，「啊」的一聲後，我的追索忽然暗暝。

這是我佩服羅智強的地方。他擅長在暗了以後，再掌好燈。

阿嬤與王永慶

疫情、股情災厄時候，護國神山台積電總搏得版面，奈米製程領先全球，精細之務化為寬厚底盤，匪夷所思，也有不知怎麼思起的尷尬，唯一能夠參與的就是拼湊積蓄，買些零股。

每當這個時候我也想起王永慶先生。有則報導印象深刻。他過境金門到廈門，被金門主管奉為貴賓，一路送到碼頭，他沒有允諾任何投資，倒問了，「水頭港，有多深啊？」

二〇〇八年十月，我有兩位親人過世，一位是王永慶先生，一位是妻子的阿嬤。王先生並不知道他是我的親戚。我只是他眾多的同胞之一，從小耳濡目染他的成功、勤儉，王永慶先生擴展父親的內涵，成為眾人之父。

阿嬤就不是眾人之母。她育有三子兩女，過世前一年中風，僅餘一子一女照顧。因為施行氣切手術，她飲食困難，身軀本就乾瘦，如綠葉上的一滴露珠，不知何時蒸發。阿嬤重聽，跟她說話原得用喊的，中風後，她關閉早就薄弱的感官，一雙眼睛恢復成嬰兒的明亮，不時眨啊、閃呀，想從石沉大海的記憶裡，撈取一些什麼。她偶爾微笑、揮手，讓我們知道她的記憶之海，仍鼓著復甦的力量。

我們奢心期待阿嬤好起來，再驅動瘦弱軀體，揮鋤種田，或在廚房為兒孫烹煮一隻雞、一條魚，也許，在等待湯滾的時候，再幫兒孫摺好新晒的衣物。

王永慶先生辭世前，還為公務開會，阿嬤中風前一天，也還四處勞動著。我的兩個親人，一個身形巨大、一個身形渺小，卻完成各自的慈愛典範。

典型在夙昔。那一年十月，我的兩位親人過世了，一個不認識我、一個在臨終時，也終於忘記我了。

溪頭這一邊

朋友姓涂，因為她的推薦，我得有機會閱讀姜家華、詹琇琴夫妻傳記。

夫妻倆濃縮台灣社會發展史，以戀愛而言，本省人多不願意女兒下嫁外省人，姜家華迎娶詹琇琴的過程自然崎嶇。他們約會看電影，讓我想起堂哥、堂嫂婚前約會，被追問時，堂哥因耕田勞作晒黑的臉，仍然幾絲緋紅。男孩與女孩相見、相戀，果然千里姻緣。

男尊女卑也是彼時傳統，沒有幾個男人能夠預見世界再往前，兩性平權，家華難免大男人脾氣，有次菜色、滋味不如意，飯菜碗盤摔得一地。這一摔極有意思。詹琇琴傷心歸傷心，但摔出覺悟來，她不能依賴丈夫生活，唯有經濟獨立了，自我才能自在，堅強如鋼或者柔軟如竹，都是人生好樣子。

不滿女人生命的局限，讓詹琇琴與大哥共同創業，出身南投竹山，恰以竹製品打造產業基礎，歷經多年革新、產業再造，進軍機械與鋼釘。很有意思的是當家華離開公務崗位，成為詹琇琴公司的顧問。夫唱婦隨、繼而婦唱夫隨，天作之合的意義，由此寫得明白。

讓我感到驚喜的一段資歷是，姜家華長期擔任溪頭台大實驗林管理處處長，直到一九八七年才調離，轉任台大教授。我一九八六年服役前，曾經兩次遊覽溪頭，第一次僅三人，露營溪頭兩三天，第二次高中同學七八位，前一天從阿里山縱走直抵溪頭，「逆行」盛極一時的「溪阿縱走」路線。

也許當時我曾親見詹琇琴夫妻，於姊妹潭畔、在巍巍神木邊，大人世界與毛躁小孩，誰也不會多看誰一眼，沒想到多年後發覺，我們都在溪頭的這一邊。

溪頭有心人

讓人尊敬的電子業先驅溫世仁先生，除了推廣慈善，並成立明日工作室，辦理武俠小說徵文，《無定河》是我應邀評審時，給予高評的作品，有一句話印象深，「見識廣博不是在腳而是在心」。

因為疫情，這句話更顯真實，避免移動、忌諱跑遠，「讀萬卷書不如行萬里路」古來明訓受到挑戰。最早，我把這句話跟住竹山、卻老往溪頭跑的陳姓醫師綁在一塊。某年春天偕家人遊溪頭，入夜後遊客歸返。山空、林空，室也空，隨意把零食擱置客廳，料到不會有人打擾，夜深時，聽到零食袋窸窣發響，推門一看正是陳醫師。他以為客人缺德留了垃圾，正待收拾，沒料到還有人。夜深好聊便忘眠，陳醫師長期租下溪頭活動中心的屋子，每逢週末，上山，至今還沒有出國計畫。

外頭世界大，他竟守彈丸之地，還往裡鑽？且一年、十年都不夠，彷彿要花去一輩子。

隔天，陳醫師道別後出門。我們不會在溪頭的遊山大道遇見他。他走小路，斜走、縱走，儘管沒有路，也會走出他的路，這一來，溪頭再不是彈丸之地，卻是無限大了。走大路，無法逢遇大風景，從小路穿山入林，看見的，再不是人云亦云的風景，而存有個性。

想起來都超過二十年了。期間，我去探望過兩回，兒子國中階段把自己搞成暴牙兔寶，為了整牙也曾多次詢問。而我更常在談起地方文學或者社區營造時，提到陳醫師。

「猜猜看，竹山產什麼呢？」太好猜了，答案就在地名中。

只是有一題隱形答案，屬於陳醫師。屬於夜深、山也深的時候，我們靜靜地分享幾包零食，還有一串新鮮龍眼。

柑仔店與超商

不知道哪個碰撞，或者物件本身的疲乏，皮帶壞了。小心檢閱褲頭，卡榫還在。剛到泰國沒有機會買新的，只能如懷孕少婦一路護著肚皮。在這當下看見「小七」多麼欣喜啊，急忙請朋友稍待，雖是泰國超商也熟門熟路找到三秒膠，黏好卡榫。跨國企業的連鎖威力，讓超商在異國卻依稀故友。

我居住的三重、淡水，超商比比皆是，淡水住家超商就在樓下，連馬路都不用過。這不是我的獨到經驗。公平交易委員會二〇二〇年八月公布全台連鎖便利商店數據，指出台北市平均一百平方公里就有近七家超商，新竹市、嘉義市緊追在後，台東縣最少，平均三家。便利商店林立，似乎在說，我們的生活多不便利啊，因而一家挨著一家開，有時候能見小七與全家對街而立，甚至比鄰而居。

台東縣大武鄉偏愛傳統柑仔店，不單購物也是里民情報站，我們鮮少記住超商結帳員長什麼樣子，卻不會忘記看店的爺爺、婆婆模樣，以及有幾回他們邊餵孫子吃飯，便空出手拿物品、找零。咖啡連鎖店如星巴克、露易莎分布之廣，不遑多讓，但在台南市卻鮮少連鎖咖啡店，也許試過了，但台南人不喜歡連鎖這一味。

傳統柑仔店講究老闆與顧客的互動，買幾斤大米，閒話鄰里，超商店銀貨兩訖以外，則把故事的詮釋權留給顧客之間。超商犧牲坪效增加了室內用餐區，多數的點還增加廁所。有一回登山嘉明湖，嚮導停車在超商後說，「這是上山前，最後一個超商。」

除了採買，我們也使用了上山前，最後一次抽水馬桶。

婆婆的選擇

我不擅長的事物很多，其中一項是繪畫。我沒有太快舉白旗，國中練鉛筆畫，學習利用黑的濃淡，產生層次。黑、中黑乃至於如電影畫面呈現的淡出，我填滿整張畫紙，再用橡皮擦或輕或重抹拭，不單有層次，且具朦朧美感。

自鳴得意的畫，老師看了皺眉。那是她的溫柔，不用搖頭，而選用最微細的表情。

朋友翁翁是知名設計師，那天在酒後，一夥人嚷嚷如何培養第二專長，翁翁忘了他有多忙，脫口說，「要學，我教你們？」他不教素描與寫生，選用軟體，用電腦代替實作。那是他經歷過的挑戰之一，從動手做，演變成讓指令完成。幾年後，連手機都有繪畫軟體，形色不一，滿足各種需求。我已經放棄畫，軟體形同虛設。當看到西班牙八十九歲婆婆賽拉，把小畫家淋漓發揮，還受邀為迪士尼繪圖，不禁暗驚。她在先生逝世後，以繪畫為生活寄託，從喜歡的圖書找靈感，或者，找出丈夫寄來的明信片描摹。

作畫時，婆婆該要出神的，遙想過去的年月日，先生出差或旅行，就港灣或巷弄，寫滿明信片或兩三行思念。她溫習當年收到卡片的心情，回憶與先生共行的日子，畫雄鹿、峽灣與險峻海峽，她對受到關注感到不可思議，「我只是在做簡單的事情。」

真的簡單嗎？打開小畫家軟體，揀選黃色，滑鼠不會給我紅。再來我的線條就亂了，鹿變成路、海峽的海都枯了。決定放棄檔案時，它詢問存檔與否？我以前都按否，而老婆婆面對塗鴉，必然是按了「是」，這讓她日後，畫出了天鵝。

毛髮小事

兒子背上的胎毛不見了。幫兒子刮痧，掀開上衣不好使力，乾脆要他脫下。

可惜哪，我跟兒子說。

那場景至少維持十年。父子倆一塊洗澡，夏天悠哉，冬天必須排定誰先淋浴、誰先抹香皂，以及洗髮順序，才能愉悅溫暖，不至於受涼。幫兒子沖洗背部，胎毛如海藻隨水柱改變方向。必得蓊鬱、茂盛，才能把胎毛長成黑色藻林，忽悠不見蹤跡。

關於毛髮細事，母親感嘆我當兵後，鬍鬚變粗。也許她在我漸次粗豪的身軀上，發現再也攔阻不住的精力，鬍鬚長粗宛如最後暗示。我果真在服役後，南下高雄讀大學，後來搬離舊家，鮮少再住在一個屋簷下。

在母親無奈聲中，我的鼻毛亦悄悄茂盛，可是從來沒警覺到它們也是儀態。一次服裝檢查，輔導長指著我的鼻子斥責，才知道鼻毛竟要修剪。生平第一支鼻毛整理器是結婚時，法師權充賀禮送上的。鍍金，品質粗，不夠銳利，常扯得鼻頭發疼。

鼻孔，是生命輸出、輸入的大港口，卻常被粗魯擤之、摳之，修剪鼻毛，使我有機會注視鼻孔。鼻毛中，黑、白、花白交織，我的衰老，再也攔截不住了。

人，漸入老境，一塊皮膚、一根頭髮或鼻毛，就是真知灼見。

我鬍鬚變粗、兒子胎毛消失，毛髮小事也是大事。慢慢的，我將要接受髮際線北移，以及地中海危機。同時發生的大事是，我蓄髮後養出一頭亂鬈髮，不像文字工作者更像搖滾客，詩人羅智成曾戲說，「讓人髮指」。

皮相之外，髮相也長有五官，不習慣沉默，並且難以化妝，常常有多少真相，就說多少話。

毛髮編織

關於毛髮，我的最深記憶是母親梳理頭髮後，喜歡捲之如漩渦，再一只只塞進三合院泥縫，頗有宣示地盤意思，警告螞蟻等蟲蟲，莫來侵占。母親頭髮擱前胸，執木梳徐徐梳頭，成為我記憶母親的樣板記憶。可我不甘心，我陪伴母親，從少婦到垂暮，諸多日子僅僅稀釋成幾個畫面。

時間在流，人也是，就算我們每天看自己，也必不記得每一個年歲的自己。

伴貓年餘，目睹牠們龐大，懷疑牠們以前能夠鑽進抽屜，所以打開抽屜找充電線，乍見兩朵毛茸茸忽然跳出來，著實心頭跳。養貓前，最大疑慮就屬毛髮，兒子小時候過敏，常咳嗽後猛打噴嚏，養貓會不會引發舊症，或者如同打疫苗，以毒攻毒？

薩摩耶犬（Samoyed）屬於雪橇犬家族，看起來永遠在笑，被稱為「微笑天使」，掉毛體質更勝家中一黑一花。牠的主人克魯非常厲害，採擷落毛，先洗乾淨，晾乾二、三天，精研紡織技術，購置紡車，把毛變成紗線，成功做出蓬鬆的帽子和圍巾。

我想像克魯收集狗毛模樣，當作寶貝似的，一根一毫都珍惜。說好的常掃地板、常用吸塵器承諾，兒子並未實現，而我秀與兒子集塵器中的大量落毛，其實是抗議，怎麼能夠忍受諸多貓毛，視若無睹，他毫無察覺地說，「還有人專門收集貓毛呢。」

成堆貓毛如春苗，衣服、沙發、地上都是，而有次小腿搔癢，怎麼抓都還是癢，細看後，只是一根貓毛沾黏。貓毛經過吸塵器吸取、捲動，都變成漂亮的螺旋狀。

我沒有泥縫可塞，多瞧幾眼後，跟有關毛髮的記憶，遂編織一塊了。

捷運上

搭捷運的好處是容易掐算起迄點，淡水到北車四十分鐘、到士林約二十五分鐘。這段期間我被包裹著，在一節車廂中，沒有性別、沒有名字。搭木柵線也好、到大坪林也罷，車廂就是我的代碼。

除非有人來訊問，到哪裡了？我方感到一點提醒，抬頭看跑馬燈，看車廂行駛到哪一種無冥，並適當地獲得一個站名。

只有極少數的人不低頭，酡看對方眼眸，有時候偷偷捏一下手心，傳遞某種訊息。我見過小情侶擅自把座位附近圈牧起來，不用欄杆、而使愛的磁場。旁若無人的，通常就是他們了，年紀小小的愛情份子。而若年紀長長還當愛情份子，經常會被當作猥褻的現行犯。愛情開在雙十以及半老族，一個嬌羞，另一個卻如食人花。

有幾回帶行李箱出入捷運，才知道有一款橫向三人座位，與擋板留有幾十公分空檔，原是為了安置行李箱，許多老人埋怨博愛座都屬橫向，他們同我一樣，發現要在車廂中打盹，得坐直向的。

直向位置，剎車與啟動時，身體都能以它的慣性貼近車廂的停止，以及再出發。至於橫的，半睡時遇靠站，左搖右晃很難不醒來。我有一回例外是睡倒在三人座，末班車了，每一個乘客都不喜歡我身上的酒味，直到站務人員搖醒，我已在蘆洲線總站。

很多人必定不知道，搭淡水線還得考慮西晒問題，坐錯方位又正逢盛夏，猶如燒烤，坐比站還累。淡水往返北車，蜿蜒崎嶇，這不需要調閱地圖，只消看太陽忽左、忽右，就能揣度，這一節長長的車廂，是地面上一條崎嶇的龍。淡水起訖北車，兩種方向我都不喜歡，尤其往淡水，到總站了人潮依然多。

我與這麼多人一起走到終站，人生經常，不作此解。

樹跟我說話

我對不起老家宅後的木麻黃，所以每當看到有人愛樹、護樹，免不了把當時的錯愕又想了一回。十多年前外婆喜喪，事罷返鄉，才踏進路口就發現景觀不對。老宅背後向來有片豐厚綠蔭，幾次回來都是如此，這回竟像施了魔術？原來，老家梁柱白蟻蛀蝕，工人為方便工程進行，徵求同意後直接剷除。

我盯看蒙灰、枯朽的樹頭發呆。

如果是朱海峰，中國科學院青藏研究所人員，會拿出量測，劃出樹的年輪，揣測它哪一年受過大寒、或者被雷劈打？氣候寒冷年輪長得窄、溫暖時長得寬，二〇〇九年以來，他透過樹尋找冰川歷史。並不是每一棵樹都能述說冰川，常得深入險境，找藏有心事的那棵。有一回在西藏，朱與同事鑽取樹芯，被村民誤為盜伐，遭到圍攻。

朱海峰一行人狼狽，我則為那棵樹高興。如果樹有語言，屋後的木麻黃被砍伐時它會說些什麼?可以為我述說爬上它軀幹，綁童軍繩當吊床，柔弱的腳丫子每天踩啊踩，踩出的樹瘤猶如梯子；以及它曾在許多個砲擊威脅的日子，矗立屋後猶如護衛。

沒老木麻黃，老家不對了。風吹來，不再咻咻響，那似嘆息、又像寫詩；麻雀無大樹可以棲息，晨起時分，沒有鳥聲當鬧鈴；一切曝晒陽光下，老家被搶走了一件衣裳，顯得格外赤裸。

朱海峰花十年，拜訪數千棵樹，溯源三十條古冰河，我們只花了一個下午，切斷樹與屋宅三代的聯繫。我沒有留下樹的任何殘枝，愈是如此，它愈不放過我，我又聽了一回，它與我說的話。

遇到郝思嘉

「紅顏禍水」真有其事，我身受其害時，且尚未成年。高中聯考盯在路上，上課、打球、打屁的同時，還常到已經關門大吉的漫畫出租店，看漫畫打電玩，不知道哪裡砍出來的時間，還能抱著一大本《飄》啃。勢必禍害太纏綿，我怎麼運球三步上籃，她總有辦法飛堵半空，蓋我火鍋。

水漲船高，指稱閱讀也貼切。再怎麼蒼白透頂的年頭，閱讀如果是風氣，就會吹拂每一個人髮流，底下的眼睛每一雙都烏溜溜，看了人家讀水滸，我怎麼錯過三國；楚留香、中原一點紅以及古龍，楊過、小龍女和金庸，主角與作者都一樣紅。

七〇年頭，比高下不只成績，也比課外讀物，年少輕狂，誰也不願意屈居下風，殊不知毒素滲透。《飄》寫十九世紀中葉美國南北戰爭，白瑞德與郝思嘉，與愛情的分分合合，誰愛誰、誰不愛誰，少年的心七零八落，常常紅著眼眶上學。

小說讀完，它的餘緒仍在發作，天花一般，開綻心頭。國一時就讀「放牛班」，成績優異調往升學班。我只安於經濟艙，倏然升等頭等艙，面對老師要求，以及資優生心機也資優，分數常見滿江紅。不免懷疑中了陰謀，升學班需要墊底，我皮粗肉黑，正是人選。

難怪郝思嘉會來找我，白瑞德與她告別時，郝思嘉一如以往堅毅，「不管怎樣，明天又是全新的一天」。不管數學今天考了四十有多糟，明天我將以一百贏回來。我變成賭徒，所有賭注都壓在明天，終於我來到聯考面前，七月一日與二日，沒有明天了。

危急之秋，還好母親出面，不是代我上陣考試，而是求神問佛，說這孩子，往所有方向散去，最終都會走回他的心底。明天是新的一天毫無疑慮，讓明天感謝今天的我，是我跟郝思嘉談完一場轟轟烈烈戀愛後，留下的結晶。

不玩倒裝句了，而結實地與佳人照鏡子。

謫神記

塑膠袋是母親的寶貝。她習慣藏在廚房摺疊桌底下，塞呀塞，把有限的暗處疊得無比深遠，年前打掃不禁嚷嚷，怎麼這麼多啊，低頭探向黯濛濛的桌底。

被起底的袋子不再悶著嘴臉，一只只伸開，廚房堆了座塑膠山。有的曾經裝過魚蝦、肉品，儼然發臭，我們數落母親，回收也該分青紅皂白，怎能樣樣都塞？母親說以前賣魚都找不到袋子裝，而今當然不捨得。我記得塑膠為神的年頭，神奇得很，冷熱都能裝，而且不滴漏。寶特瓶剛上市也如神，廣告中，時髦婦女上樓汽水不慎掉落，如果是玻璃瓶，早該成災，只見瓶子彈啊彈，完好如初。

經過數十年演化，塑膠不再是神，處處為患，誰戶人家沒有一個爆滿的袋子，裝著壓扁的塑膠袋；哪一座海洋底盤，不是堆積復堆積的塑料？它們難以消解，成為萬年禍害，也常在死亡的鯨豚肚腹中，找到無法消化的瓶子。

減塑成為很多人共識。上市場買蔬果，我常會備上幾只，不過店家手腳極快，已經先一步裝袋。有時候呈現對峙，我取出袋子、店家也抖開新的袋子……除非能與攤販比快，否則帶出去的袋子，便用不到幾個。

曾經被當作神看待的塑膠袋，而今價格輕賤，隨手可用，因為危害深遠，各樣的替代產品不斷出現，提煉椰子皮取代，以植物質當包裝材、甚至還能食用。台灣有家上市電子廠英濟，能使回收的膠料恢復最初質地，科學家且於日本大阪發現以塑膠為主食的細菌，幾天內就能分解聚酯。

塑膠的演化，讓我想起各個年代的造神運動，塑造為銅像或捏塑為圖騰，都一一從神明桌上下台。

伯仲結

吳仲雯傳來訊息，要買我的散文《回憶打著大大的糖果結》。一百本不是小數目，她且在美國洛杉磯，書資、運費，以及怎麼運輸、遞送，都是結。

商議如下：我先到出版社簽書，再由出版社寄到她住家，仲雯母親接手，轉帳書款，再把有題名與沒題的分開包裝，海運出口。

暱稱仲雯「學妹」，都畢業自高雄中山大學，求學時期沒有交集，但都聽過西子海濤。港口的每一天都在出發與歸來，以前酖看夕陽沉、海風起，並藏著一些蛛絲馬跡，至於什麼是線頭、線索，經常捉摸不著，而海水，就把日子給換了。

我找話題問仲雯，才知曉都是中山人。她的亮相太驚人，左右手各持紅酒，從洛杉磯街頭，走進餐廳包廂。那是酒徒的練家子，酒瓶被捧著都顯得輕。拿酒瓶的氣勢、姿態，便能看出道行，果然酒杯及口，不是半飲就是乾杯。我說，被她看著的每一天，都是人間好氣色。

我們在洛杉磯，飲紅酒喝白酒，也喝一款氣味相投；拿起酒杯來，就知道有，還是沒有。

常覺得自己是乏能之輩，偏偏有這許多善意，勸解我相信自己還是能為，厚臉皮地接受仲雯買書，連結她與出版社，匯款、出貨，一副事不關己。

這是仲雯為我繫上的「結」。

我還沒有問她，取名為「仲」，該是上頭有個「伯」吧？也許還沒問，是因為我先她一步看夕陽、聽海濤，看似多瞧了潮色，卻漏了漲潮、退潮之間，許多地形也悄悄移位了。

思及此，我再感到「吳」齒徒長，而且還有了蛀牙。

綠色長城

有一個天文景觀，讓長城更具話題：從外太空看，它是唯一可以肉眼辨識的建築。中國尚未崛起之際，這個發現多少給予華人慰藉。歷史學者提出不同看法，昔時王朝焦慮北方大軍壓境，築城拱護，城牆蜿蜒萬里，懦弱也萬里蜿蜒。

萬里長城萬里長，長城已是歷史鄉愁，到了二十一世紀，它的「長」成為一個「發現」，非洲聯盟於二〇〇七年認可「撒哈拉與沙赫爾的綠色長城倡議」，沿兩座沙漠的接壤處種植一長排樹林，東至紅海、西至大西洋，長七千公里、寬十五公里的綠色帶狀區域，配合當地氣候，選植耐旱植物，期待二十幾年後，恢復被沙化的一億公頃土地。

作家洪玉芬曾為文〈烈日下的椰棗樹〉，談蘇丹友人多年前到台灣找舊機器零件，她擔任翻譯，費盡心力才找著，對待零件如同對待機器，不因價格淺、厚而生分別心，蘇丹朋友成為忠實顧客，邀請洪玉芬到他非洲的農場。主人善待每一株果樹，如數家珍為洪玉芬介紹，按照我粗略的地理認知，農場該就在綠色帶狀。

撒哈拉與沙赫爾合起來的面積，大過歐洲，復育後能創造一千萬個工作機會，打破百年來人口外移的宿命，緩解溫室效應帶來的極端天氣，我在〈烈〉文中，看到成功的企業家完成夢想，穿梭在椰棗、芒果、葡萄柚果樹之間的果農擁有根據地，不再顛沛流離，綠洲不是海市蜃樓，而能接近它摘一顆水果。

綠色長城預計二〇三〇年完成，屆時從外太空看，蜿蜒的路徑該是一個微笑，油綠綠的、猶如少女裙襬搖曳。

黑手夢

我原有機會當黑手，從事車床、電工、汽修等工作。國中，從偏遠小鄉搬住城市；國小成績好，只因為缺乏可以比較的對象。我難以發捲舌音，英文課羞赧開口，數學本來就差，幾番考試下來，更印證了城鄉差距不是隨口說說，而真有其事，可證之數字，我的分數。

我開始逃離每一天，迷漫畫、浸電玩，當時沒有憤怒鳥、砍水果，還是可以玩小精靈，越玩腦袋越不靈光。我布置更大的網自我迷惑，安撫自己到了明天，數學、英文、物理等，自可迎刃而解。明天沒更好。我成為黑手候選人，考進南港高工。

黑手工作與體力、技術息息相關，我必須學會在一分鐘內，斬斷五條半公分厚的鐵條。學著拆裝引擎，開挖土機、用電銲、氣銲跟簡單的水電配管。這都是黑手的基本配備。職業沒有貴賤，但成為黑手，不在父母對我的期待。父母期許我莫像他們一樣，扛水泥、搬磚頭、鑿牆壁營生，希望我拿筆，「坐辦公室、吹冷氣」。至於坐辦公室、吹冷氣能做些什麼工作，已不是他們所能想像的了。

為適應以後的黑手工作，我暑假到鐵工廠搬弄鐵管，套上鑽頭，鑽各種孔徑。休息時大夥喝涼水，電台兜售著胃藥、肝藥跟香港腳藥膏；這期間，在喧鬧跟浮臭之間、在雜亂氣味跟鋼管之間，我找了一個位置，坐下。時間跟我，舒服地擠在一塊兒。以為我的未來，就該長成這樣。

我的未來隨著提前入伍、報考大學轉彎了，但每經過廠房、工地，忍不住想，有一個我就在其中，當年他沒有轉彎，也愛極了機油的氣味。

六字迷障

幾米繪本經典不少，《向左走．向右走》至今不衰，杜琪峯援引為藍圖改編電影，金城武、梁詠琪擔綱演出，繼續加柴，命運分歧的必然與偶然，字間輪轉猶如六字真言。艾倫．萊特曼《愛因斯坦的夢》擁有一致面貌，它贏得台灣好書榜，該解釋為人生境遇的斷與接、甚至是亂，都是真諦。

我沒有寫過類似作品，但真實實踐了一回。

一九八九年七月一日，聯考會場。數學考卷，答案亂猜的不少，時間趨近，還能塗抹多少空白，換來心安理得？該怎麼猜這一題填空？當一顆骰子胡亂轉動時，三十六、七十二、一〇八都有可能。

填空題允許瞎猜，是因為不扣分，不猜白不猜。如果當時，我寫上「六」以外的答案，將被扣除六分，總分將從三九九降到三九三。六分差距，中間隔著六百或六千人，我不會就讀中山大學財務管理、未必可以遇到日後「順理成章」認識的文友、妻子，不一定提筆寫，不一定不好或好，但不知道我會是什麼樣的人。

我填上「六」，它塑造我、繁衍我。

「六」攸關當時癖好。當時我抽菸，但抽得節制，每天只取「六」根菸，置入菸盒，節制但又放縱地吞雲吐霧。抽菸，跟提前入伍有關，兵役期間認識居住龍崗的女孩，她多次緩緩告訴我崎嶇身世，她不愛自己以及愛她的人。她的一生必將跟我分歧，但她願意跟我共享一根菸。

我在數學考卷填上「六」以後，南下高雄讀書，她據說在幾間加工廠流亡、但也安身，旋不知所蹤。

不知道她是否找過我，但我曾經尋她多次，在我「奔六」途中，希望她已經戒菸了。

神前的密語

新北市升格前，曾舉辦多次「我們的故事」徵文，主題是台北縣數百處古蹟，我擔任評審幾回，其中一篇得獎作品帶我走入新莊、廣福宮與慈祐宮。

早年，新莊是山、海要道，位在淡水河帆船航線中段，又有「中港街」之稱。位置重要、區域繁榮，各族群遷居也帶入新信仰。廣福宮正是粵籍客家移民傳入的。粵籍客家在閩粵大規模械鬥中落敗，客家人遷往桃竹地區，留下虔誠興建的寺廟。廣福宮香火沒落，整修少，燕尾屋脊、龍柱跟石獅，都一一老去，卻因為老，成為新莊唯一的國家二級古蹟

慈祐宮俗稱「新莊媽祖廟」，創建於雍正七年（西元一七二九），初名「天后宮」，乾隆十八年重修後，改名為「慈祐宮」。宮內保存為數甚多的捐修古碑，記載各個年代信眾慷慨捐款盛況。慈祐宮在一九六五年經歷大修，採用當時最夯的水泥、瓷磚，替代傳統的木作跟白灰石牆。慈祐宮命運跟廣福宮走向相反，它的新成為它的病，不過，並不影響

慈祐宮的眾多信徒。

得獎散文敘述的是，信徒虔誠祈求，希望家人、社會諒解他的同性愛傾向，莫要傷害了誰。幾年後，社會風氣與法令已經不同，當年尋求認同的作者，是否已在新社會放下煩惱？信眾川流來往，同往的朋友於香爐前膜拜，我也合十鞠躬，把掛念的人想了一回。

多數的祈求總是沒有自己。我想起蓋廟護廟的人間菩薩，用柱子、屋瓦、台階，包容人們各樣的煩憂。在他們祈求中，陌生人也都成為「我們」。我再度合十，敬禱站在神像後頭的人。

喀拉拉的大灰

大灰吃進鮮甜的鳳梨時，內心湧起感激，尤其剛懷有孩子。

母體對於孕育都敏感，為自己吃，為孩子吃，多少人類之母在懷孕時，食慾失去節制，甚至近乎失序，不愛吃的甜、辣與酸成為嚮往，多次看見同事挺大肚子，身體後仰，才好開抽屜，小心拎出蜜餞一顆一口，不一會兒吃了半包，才害臊嘴饞，藏了起來。

鳳梨有機關，裡頭挖空填塞鞭炮，原是為了對付野豬破壞農作物，兩名男子，用鳳梨吸引飢餓的大灰。大灰不嗜甜，只是餓了，附近能吃的芭蕉、野菜、嫩竹都沒了，而牠剛剛經過的薇麗亞河（Veliyar River）野林叢棘刺多，牠的身體告訴牠，孤單一個人可以勉強啃食，但牠現在是兩個人，而牠眼前的鳳梨愈來愈近，懸在人類所拿的竿子上。

那可能是陷阱，但陷阱做得甜滋滋，讓牠失去戒心。大灰一口咬住鳳梨，一左一右兩個人類沒有抽回竿子，而是真的願意給牠。牠鬆開戒心咬嚙，再來的事情，大灰不大記得了，牠拖著僅存的意識走到薇麗亞河泡水，好消解牠難以理解的事情，咬著咬著鳳梨爆炸，上下顎、牙齒跟口舌嚴重灼傷、裂傷，點燃鞭炮的人看了一會兒熱鬧，趕緊逃離。

大灰是我幫牠取的名字。一頭相信人類但被虐殺的大象，發生在印度南部喀拉拉省，牠已經十五歲，還沒有略解人心險惡，而守著象群古老的美德。事發後，印度藝術家與學生、台灣插畫家等，一起作畫哀悼「喀拉拉大象」。

大灰離去時最後的身影是數不清的哀弔與畫作，而我能做的是給牠一個名字，在二〇二〇年。

五樓愛情

花了些時間才適應，廁所傳來鄰居淋浴聲，吵鬧也能偶爾聽聞，未必是一牆之隔的住戶，磚牆篤實，口風不緊的是通風管。聲音以外，味道也常滲透，有如恐怖片的鬼霧。

有一天煙味往上飄，廁所充滿悶燒味，但煙味始終維持定量，又不像失火，我依序往下找，六樓主人表示也聞到了，卻沒有追索的意思，我再往下按五樓門鈴，門後有人蹦蹦蹦跑過來開門。五樓太太一臉驚惶，不知道鄰居來訪何事？我說明來意。她竟然迅速關上。我使勁按鈴，不久後，換先生應門。他睡眼惺忪，朝屋內嚷，埋怨妻子沒來開門。

男主人睡另一個房，沒聞到煙味，這下子也聞到了，跟我一起走進主臥房，正要打開廁所的門時，女主人自個兒跑出來。她一邊咳嗽一邊掉淚，門開的剎那濃煙竄出。

我沒搞懂發生什麼事，先生也摸不著頭，又氣又驚。原來太太經我按鈴質疑，才知道煙味循大樓通氣管往上竄，以為神不知鬼不覺，豈知氣味洩底，火速進屋，湮滅證據。陣陣門鈴催促，她一急，撞翻更多紙人，火勢更旺。

「紙人？」妻吃驚。我說是啊。五樓太太燃燒一個一個紙人，幫先生擋災，重要的是，要讓先生再一次愛她。

我們恍然大悟。凌晨五樓，常傳出激烈口角，伴隨扔、丟、摔、捶等音階，動動靜靜間，不平靜的夜就這樣過了，隔天碰到，他們裝作沒事，我也配合裝傻。

五樓太太嗓音霸道尖銳，得理不得理都饒不了人，而事實上希望老天慈悲，寬宥所有人。「作法祈福嗎？」妻問，我點頭說是：「而且還是一個愛情故事。」

叛逆老少年

幸好，不是燒炭。

電影《瓶中美人》女主角燒炭前，以膠帶封住門縫，讓廢氣更快累積，幸好悲劇並未發生。我認定主臥房偶爾充滿的悶燒味，不出自燒炭。燒炭自殺，若有規律，就著實可怕了。

有一天下午，一家人逃也似地離開家。到中庭，正巧岳母來訪，我們說別進去，有人燒東西，客廳、房間都有煙味。我瞧著大樓，堅實的內裡氣管、水管相通，它像一隻大火龍，火花一丁點，就足以喚醒它。在超商盤桓幾小時等煙散，再回家，岳母留下一袋水果人也走了。

煙味似鬼魅，肉眼難以照妖，大樓中煙味引起的不快經常草草了結。我自行製作傳單，塞進住戶們信箱，但煙味依然可聞，在更多住戶反應後，呼籲的公告也張貼在電梯中，然而，三樓住戶就在告示前，大喇喇一吸一吐，他在一樓出門、我進去，煙味瀰漫。太突然了，我不及出言質疑，但他也看到我的震驚與嫌惡。

住戶們咬定三樓住戶就是元凶，但難以捕煙捉人，他年近六十，中等身高、微胖，一副咖啡框眼鏡讓他在粗獷中略顯斯文，我們打過幾回招呼，交換社區大小事，沒隔幾天巧遇，他裝作不認識我，眼神瞧向他處。

難以猜想是什麼樣的癮頭，讓菸害危及家人以及鄰居，他常做睥睨狀，叛逆模樣依稀訓導處常客，但沒有師長輔導、教官不再訓斥，一個老少年很刻意，在不該抽菸的廁所抽菸，煙霧往上飄，換取住戶抗議以及定期更新的公告。烏煙瘴氣的存在感，一刷再刷，沒有疲意。

有次回家，電梯門快關了，我即時按住，不期而遇三樓鄰居，他一菸一火在手，在我注視下，終於沒有點燃。

聲音平台

我跟妻常藉客廳沙發小睡，每回，我都要關上廚房門，妻子卻不用。我很驚訝，「你沒聽見嗎？」她搖頭。冰箱在廚房，壓縮機運轉聲恰在客廳角落聚攏、擴散，嗡嗡聲鬧響，我彷彿躺在DJ的刷盤上。我也必須把鬧鐘關進抽屜，否則秒針一搭一和，唱的都是失眠調。

生活中許多細響、噪音都能做音樂處理，前衛搖滾樂團平克．佛洛伊德有一首歌以收銀機噪音入曲，二〇二一年霸王級新人奧莉維亞以口頭助詞「嗯」吟唱，我回老家若不好好聽一回木麻黃，總覺得少一款鄉韻。所以讀到聲谷、本名趙志勤，出入不同自然，錄下八千條錄音，佩服他是聲音精靈。

對聲谷而言，木麻黃聲太顯露，咻咻咻，長長的葉子東搖西擺。當然，木麻黃還可以再細緻一點，咻咻時風急，咻——咻則若嘆息。聲谷跟蹤聲音也捕捉畫面，「夏，六點半，一隻健碩的蜜蜂在草叢中採蜜」，或在靜謐早晨，划船人的槳輕輕劃開水面，慢、緩，船跟人都不急著要去何處。

聲谷將他的聲音放置喜馬拉雅平台，不見濃妝豔抹直播主、標榜功能與療效的產品，吸引網友付費聆聽他的旅程與聲音。昆蟲振翅於午後的明媚陽光、斑衣蠟蟬聲收起淡紫色內翼棲息，各樣的微細在農業時代，沒有心思也難以聽聞，何況被聲色大舉入侵的當代。

都會也有它的聲音。兒子幼時喜歡模仿沿街的叫賣聲，碗粿、菜頭粿……有幾回，冷氣室外機沒完沒了地敲，我惱怒地掀開窗簾，尋找滋事者，原來雨下得急大。想來，雨打芭蕉約莫如此。

我躺回床，雜物在房門外滾落。不是誰，兩隻小貓正在頑皮。

聲音的懲罰

與家人下榻偏僻旅館，是貴州八天旅遊的其中一站。二十一世紀剛過不久，大陸流行「門面建築」，小鎮主幹道路兩旁樓宇都新，彎進巷弄常見荒郊。入夜後，街燈亮起不多，各種車輛川流，每經過必定長按喇叭。我拉開窗簾小縫，街道空蕩，車子經過按鳴聲四起。

印度孟買被列為全球第四大交通堵塞城市，年平均堵車時間幾近九天，而且駕駛們相信，好喇叭是不可或缺武器，愈是按鳴綠燈愈快亮起。碳排放已是汙染，噪音也是，嘈雜的路口一個接一個，影響情緒與健康。孟買警方在路口架設儀器，喇叭音量超過八十五分貝，紅燈自動延長。這一來，孟買終於安靜不少。

在台灣開車，高速公路與一般道路，喇叭量低，到日本，人與車競流，只聞輪胎與步伐聲，偶爾一聲喇叭必是出於緊急。

有一夥少年郎騎車來往巷弄十幾趟，行駛時按鳴不停，騎樓下幾個男子年紀依稀，把喇叭聲當作挑釁，在飆車少年到超商買冷飲時，趁機痛毆。兩造都被送進警局，才知曉喇叭不只是聲音，也是表情。

進出貴州偏僻小鎮，夜深何以長按、狂按？一個原因該是警告，莫因人車稀少，進出馬路大意；再是大陸經濟正要起飛，駕駛們算得上是先驅，難免得意，長按一聲，正在說，「我來了！」

「門面」景觀必被經濟快速發展變更，如果再訪，小鎮恐已變做小城。那嘈雜的一晚竟難以忘記，我掩身窗簾後，貨車一輛輛經過，沒有例外、而且會傳染，叭叭、叭叭叭，夜與天明。

為何夢見她

我的腔調不合時宜，「發」與「花」、「思」和「詩」，都是口音殘骸，難以辨識，偏偏有人常誇許，「你若唱歌一定很好聽。」

高中是我這一生中，歌唱得最多的時候。民歌流行，電視上還能看見劉文正、江玲等人表演，林慧萍、金瑞瑤、李恕權，則剛剛崛起。捷運還沒有影子，社會跟感情都還戒嚴，我常騎單車，吟唱李恕權〈風的線條〉，穿梭三重跟五股。

三重與五股之間，有關的當然不是阿拉伯數字，繫乎一個女孩。我在國中典禮上，遇見讓我驚喜且心跳不已的少女，情不自禁地，往她家、五股的方向騎，希望不期而遇。我的期待漫長而堅忍，一戀六年未曾停息，從來不曾發生過一丁點浪漫。我騎車、唱歌，唱給聽不見的人聽。

終於不期而遇是服役時，我在三重大同路口等公車回營區，她挽著男友走過。「微笑掛在妳的嘴角／盪漾我的情懷／總是叫我無法言語……」

我們點頭招呼。也在這個時候，我中心的鏈條斷了，輕輕說了聲，「再見」。很可能歌唱的念頭也斷了，自此甚少唱歌。宇文正在《我們的歌》記寫流行歌曲與故事，有一篇調侃我每次唱歌宴，只能乖又安靜，難得開喉了，也得找人陪唱。後來見面我跟她說，我能唱歌了。我的原意是，我敢唱了。

旅居台灣的金門同鄉常常聚會，吃飯、喝酒、唱歌、踏青，樣樣齊。作家牧羊女經常走音，可愛又可敬的是面容不改，合唱者三、四人常常被她的聲線拉至南荒北垓，這真是可貴示範，於是我也開始點歌，而他們都知道我的招牌曲〈為何夢見她〉。

「再見」，國中的可愛傻瓜。

別人家的孩子

我對社區營造只知皮毛，但在它興起之際，曾經陪行一段，參加客家桐花祭、馬祖花蛤節等活動，想起來「社區營造」便如隔壁家孩子。

最長的陪行是農委會邀約，駐住新社。至少兩次，就讀國小的孩子都陪同。一次住面海山坡，好天氣時，海峽層次分明。再一次住白冷圳附近的「安妮公主花園」，主人與女友已是恩愛夫妻。

「社區營造」以人、事、時、地、物為開端，發揚地方，它們不是發明而是「再發現」，在歷史久釀找到更新的契機。以前經過白冷圳，都訝異什麼巨大的水管啊，穿山穿嶺，如同匍匐的野獸。那是我第一回知道「磯田謙雄」運用虹吸管原理，運送進水、出水兩端，提供新社鄉一帶的水利運用。作家謝文賢撰寫《呼嚕嚕，呼叫磯田謙雄——台中白冷圳的故事》，蔡杏元繪畫，讓磯田謙雄回魂，與涵管中的水對話，搬演白冷圳歷史。

「呼嚕嚕」是流水聲。千年前水的流聲如此，千年後亦然。什麼是「永恆」？由什麼架構？殊勝又何在？一條河流的貫引看起來簡單，卻爬過山嶺、穿過時間。白冷圳是慈愛工程、是人的工程，水在管道中，呼嚕呼嚕流動，單調聲音形成豐沛的生命。

隔壁家的孩子成長速度都來得快。十幾年後我參加中國時報副刊主編盧美杏籌辦的旗山、茂林采風，社區營造訴求的一地一特色，在我沒有繼續陪著走的時候，不僅茁壯成人且娶妻生子，一個地方多種特色，相輔相成，成為叢生經濟。

想起兒子大學畢業多年，孑然一身，只養兩隻毛小孩，不禁感嘆，別人家的孩子啊。

懸日與鳥

有篇文章以懸日比喻愛情，不靠東、不偏西，恰恰落於中。它進一步以籃球為引申，攻守雙方你來我往，在二十四秒的違例時間內，跳華爾滋雙人舞。愛不愛？愛我、愛他還是她？夕陽西下，不在天際線而落胸臆間，聆聽心跳的位置，偏心於誰。

最早的瘋懸日是在紐約曼哈頓，每年五月二十八、七月十二，正巧落於東西向街道，氣象局且於二〇一九年三月製作全台懸日特報，我曾經目睹忠孝西路懸日，占有四月三十、八月十三兩個日子。那一天，我經過忠孝西路、拍攝電影《不能沒有你》的天橋，夕陽如丸、介於貢丸與肉圓之間，量得恰恰好，介於兩排建築物。

我駐足拍下的照片，已經找不到，當年「懸日」之說也尚未流行，我目睹大自然的小頑皮，在規律的南、北迴，與人間的輕遊戲。我記憶中最美的夕陽在家鄉，沒有誰為它站樁，村民傍晚料理晚膳，炊煙一陣陣，白煙之間染有胭脂，飛鳥已難分辨麻雀、烏鴉或雁子，一落落背光飛行，如同日後觀賞的皮影戲。

迷懸日，迷一款懸而未決，落下山頭或海洋前，什麼顏色前後游移、將有甜甜的淚水或鹹鹹的草莓?很可能正是將決未決的期待，讓主打懸日的通霄新埔聯絡道、台六十一線，在台灣最美十大景觀公路票選中掄元，定名為「日落大道」，便利商店、庭園咖啡，結合北通霄拱天宮宗教文化、海邊風車彩繪等，讓夕陽與人間，有了最美的凝望。

不近黃昏，不知道夕陽的好，當時有鳥啞啞飛過我與炊煙，把牠看到的，都說給了夕陽。

密訊翻譯

高中畢業前，導師鼓勵且慫恿同學，「誰願意提前入伍？」全班四十幾人，熱情舉手依稀點菜，爭先恐後。報到時，巡視滿場役男，證明同學舉手只是起鬨，但我都來了，只好依循計畫提早服役。幾十年後回想，這是我的人生大決定，人生自此分流。

我於成功嶺受訓，因為選兵，分發龍潭陸軍總部擔任運輸文書兵，沒料到我的任務不僅白天，還有晚上。

大約每一個人都曾夢得深遠，眼睛睜開未必是醒來，天花板靠近、窗靠近、吵鬧聲靠近，遺失的人世靜靜歸位，這才想起自己是誰。把東西變不見或變出來是常見的魔術，人處混沌彷彿一種消失。哆啦A夢展曾到台灣，他的一個知名法寶是任意門，西洋或東方，儘管信仰不同，都有靈魂交換的故事。我好奇夢遠之際，靈魂去了那兒？

我的臥鋪左邊衣櫃、右側晒衣間，縱使白天也顯陰暗，按陰陽之說容易積穢。醫生說得權威，那是我身體疲憊、思緒卻還活躍，「鬼壓床」只是民間傳說，然我的確無法動彈，成了呼吸的肉塊。有一次剛躺下，十秒不到，我聽見學長說話、目睹學長洗澡拿臉盆回來，我用盡氣力無法置一詞，警覺到具體的自己正凝聚為無形，往天靈蓋集中。

我即將鑽出，告別我的軀殼。警覺到危險，我放棄掙扎。我沒有把自己變不見，我回來了。難免懷疑，當下是場幻術，我在透過自己跟自己打仗，擺脫服役的束縛。

後來我學會尊重以及慈悲，我極可能沒有當好稱職的翻譯者，有些密語徘徊於天地之間，難得覆蓋我時，我只想全力逃遁。

台北奇俠

我幾次疲憊瞌睡，一路坐到終點站。客運終站鮮少明亮，經過海綿瓦停車棚，路燈昏暗、樹影幢幢，恐怖片效果於此天然完成。再搭回去不過兩三站，但那一刻依稀陰陽陌路，眼前景物非妖即魔。因此，快到終點時，我特別留意嗑睡族，因此搭救多名乘客。

除了己所不欲，我也用行動感謝當年搭救過我的人。上補習班考大學那年，我騎乘機車來回台北與三重，一晚下課，機車、轎車擠一起，等待綠燈上忠孝橋。前面行駛的計程車，上坡路段忽然剎車，而它的前面並無事故，我反應不及撞了上去。說是「撞」，但用「貼」更適合，我全力剎車，輪胎輕輕碰到車後保險桿，司機怒氣沖沖甩車門，指著毫髮無損的保險桿，要我到附近他熟悉的車行，估價理賠。

爭執之餘，一位騎士停下，我心想不妙了，肯定來唱雙簧，要敲我一筆。意外的是他比了比手勢，要我先走，他來處理。我害怕、更可能有點孬，如蒙大赦驅車上橋。月亮於左，好大好圓，我難掩不安，騎到橋那頭掉首，再等一次紅燈、再等一次綠燈，經過肇事現場。善與惡都已不在，我騎上橋，才真正看到那一晚的皎潔月色。

我喜歡「江湖」這個詞。未必有江與湖，而是人心如水，有深闊而清澈，有淺流或混濁，它最早的面貌是在武俠小說，俠士與匪類、劍術與奇招，但那一夜卻在忠孝橋頭。他戴棒球帽，模樣無奇，但在我心頭，深深地使了一招。

被我喚醒的乘客們少有餘暇道謝，慌忙辨識街景與位置。我毫不介意。他們再怎麼慌，都比我當年從容多了。

雨天的貴人

我在佛教機構上過班，是二十多年前了，我初入社會，還找不到可以相融的顏色，一個工作拖過一個，後來在靈鷲山道場擔任編輯，恰逢貴人法性法師，我們暱稱他「大師兄」。

大師兄經常精神飽滿。他的飽滿來自臉型、體態，乃至於聲音。初見他，第一個印象就是圓。外在與內在的圓。又後來，道場決定成立出版社，我轉進出版部門籌畫，大師兄經常與同仁們研究、協調。

大師兄的聲態語調高，一出聲彷彿有彩虹，鏗鏘俐落而有顏色。道場在換了新的顧問以後，出版社計畫終止，部門結束，無法移轉工作者，只好另謀他職了。我轉職某周刊編輯，正巧孩子出生，為了體驗人父與撫育經驗，辭去工作。大師兄曾來探望，幾個人坐在客廳沙發，孩子忽然餓了，且餓得受不了般，竟然喃喃喊著「help-help-help」，索性高喊一聲「help」，大師兄跟我們夫妻，都嚇壞了，以為孩子是不世出的英文天才，三個月大，即能說英文。

孩子的英文並未如預期的好，反而轉向音樂，經常於房中敲敲打打。人生本就很難預料，歪路、直路，險路、病路，都得走上。

大師兄善說，而且很能說。我曾經跟隨他參加兩回國際書展，有一次在深夜抵達，信眾安排住宿，車子穿梭樓群，越走越暗，終於在老舊的大樓前止步。樓高，外牆剝落，電燈高懸而不亮，彷彿一個人站得久疲，終於喊累。

每一個人被分派到兩坪不到的房，與客廳隔間裡的十來個陌生人，共用衛浴。第二天，我們撤離，大師兄疲憊，眼睛依然有神，忙著說聯絡時沒處理妥，抱歉抱歉。書展後，我們乘地鐵一站一站逛，走進香港黑幫的火拚地盤，擔心槍響與刀災。什麼也沒發生，只肚子跟背包，越來越撐。其中一晚，大師兄聯繫了當地信眾，招待了我們一餐豐富的素食。

席間，大師兄為信眾釋生活疑難。他的神態圓滿，聲音醒神，信眾專心聆聽，大師兄呵呵一笑，說著，佛法哪佛法，就在一飲一食間。

後來聽聞大師兄病了，我又難過，又覺得不可思議。幾回約好人，要探望，總未能成行。我大約是不想目睹大師兄的病貌，不想見他的枯槁，不願意看他的聲音失去彩虹，不願意聽他喃喃的、吐不出一句阿彌陀佛。

天山雪蓮的微笑

幾年前，我有篇小說獲得台北書展基金會推薦，參與「文學與電影」媒合平台。主辦單位慎重邀請國外簡報專家，教導出版社製作有吸引力的報告。我外語糟，忙找精通英文的小作者賴怡幫忙，不懂簡報製作技巧，請出版社協助設計。

小說名〈泥塘〉。寫駐守前線的士兵，暗戀已婚、育有一子的漁婦。夏颱忽來，好幾艘漁船被風浪吞沒，漁夫也失蹤，士兵聞此該喜、該憂？第二天海平靜了，沙灘忽見騷動，難道是中共水鬼趁隙潛伏？士兵舉槍瞄準。準星內竟是漁夫。士兵的板機該扣、該放？

那段期間我亂做白日夢，儘想著小說改編為電影後，不能再叫〈泥塘〉，該取做〈愛情逃出槍口〉或者〈海邊小村〉等。女長、男少的愛情故事，女主角非徐若瑄莫屬，我的白日夢，愈發長了。關於文字與影像的派遣、互涉，在創作時即已發生，電影則要具體呈現、再映現，彷彿讓作者與文字裸身站著，成為立體、成為畫，變成關懷與愛的延續、變成痛快。

媒合會議分兩階段，第一天當眾報告，第二天彷彿相親，與各製片公司逐一面對面談話。我只是尋常可見的蘋果，卻因為製片公司充滿興味的提問，而露出天山雪蓮一般的微笑；天山雪蓮千年結果一回，珍貴而稀有。

我終於報告完畢，遠景出版社編輯李偉涵特地探班，問我順利嗎？我疲憊搖頭。她拿起資料，難掩興奮地說，「吳先生，我這一次的簡報，作得很漂亮矣。」我愣了一下，然後急促地說，有、有，很多人看到，都禁不住讚美。

我們一起笑了。當時，我們都忘了天山雪蓮。

流浪的樹

家族旅遊在龍田非常難忘。導遊說能騎車的就騎，不然散步。龍田，台東的僻遠村落，方整街道是日本時代的遺留，房屋跟農田都規規矩矩，路旁的小葉欖仁卻不規矩。三月，小葉欖仁枝椏烏黝，形如插花用枯枝，但要隨性點、懶散些，細看嫩芽已透出，烏黝似種偽裝。

吃水煮花生、點火炮玩，然後躺在大馬路，仰頭看著山巒在上、群樹在下，一幀風景，顛倒人生本來。我走在爸媽旁邊，家人走在我旁邊，再過去是大哥、小弟、大姊跟二姊，再過去群山繚繞跟高遠的天。想起林亨泰的新詩〈風景〉，「防風林的／外邊還有／防風林」。

半年後再有因緣訪龍田。小葉欖仁十月枝葉茂密，樹形層次明顯，婀娜多態。路旁多了棟新蓋別墅，一樓設置大落地窗，客廳隔平台，空間立體增加旋律。一夥人在屋外瞧許久，連裡頭的裝潢師傅都感受到，引導參觀主人房、少年房、電腦室跟跟飲茗區，禁不住讚嘆誰是這家的主人。

師傅所知也都是轉述。主人是龍田人，到高雄打拚，掙錢回鄉蓋房子。室內、戶外都講究，還種了三五株小葉欖仁。金門有句俗諺，「有水頭富、沒水頭厝」，落番南洋的金門人事業發達後，回故鄉蓋洋式樓房，出俗典雅，美感與磚瓦，軟硬合一。

我對樹種陌生，能辨識的就木麻黃、相思樹、松樹等，要不是導遊一再強調，我也不會認識小葉欖仁。據說它果肉薄，能夠挺住鹽分侵蝕，可以飄洋過海，所以它是一株懂得流浪的樹。難怪別墅主人對它情有獨鍾。

我也從海的那一頭來，只是已過中年，肉已經厚實了些。

魔術地址

元旦期間，高天恩老師寄給我商場的舊照剪影，他的姿態帶著點驕傲，「看，我經歷你沒經驗過的世界……」我忍住回訊反駁，當作歲月給他的賀禮。

我高中就常去。八〇年代，中華商場吃的、穿的、用的，應有盡有，還在戒嚴期間，髮不能長、裙不能過膝，舞可以跳但要移入「地下」。在那個年代，學生或多或少、或隱或顯，都有一些叛逆。像規定穿黑襪，卻偏偏備了白襪，留到課後換；規定不能騎機車，卻刻意停得老遠，轉搭公車、再騎機車。那年代，一點點悖逆，都讓人自覺不凡。我則以訂作服裝表達，進中華商場制服商家，一家一家逛，比價錢、比款式。

中華商場建造於六〇年代，外省老兵隨政府播遷，挨著鐵道搭屋，遮風避雨兼作營生，千餘房屋搖身一變為八幢三層樓高建築物。八〇年代始，拆除商場消息時有所聞，直到一九九二年，才付諸實施。

我趕上它的拍賣會。人人行囊飽滿，商家的貨品愈來愈少，大肆採購後，回望中華商場，斑駁大樓前人群密密麻麻，像螞蟻，為了過冬而覓食。隔許多年才知道，從中華商場搬運出的，是每一個人對它的獨有回憶，那那一身斑駁、那一臉灰槁，正是青春側影。

還在上班時，我每天都會經過中華路，佇立路口，陡覺「滄海桑田」不是隨意說說，二十年來，增加捷運，移除天橋；馬路拓寬，是沒收了鐵路、圓環以及坐落路上，巍巍峨峨的中華商場。

瀏覽長輩分享，過去記憶如景片一一浮現，每一處、每一個時間，都是新與舊的交界，回望時它們依稀都在。一場魔術似的。

環島不老

老年時代報到。「時代」長得親暱了，敲敲別人家門，多數人家都有一個老。人老了，經常不是動詞，而呈靜態，出家門很難，上下公車都蹣跚，古代人早知道，老、不中用，被時代催逼跑不了，偏偏要說「家有一老如有一寶」。

人終須一老。自從左膝關節不怎麼聽話，要兩步、給一步，我開始注意生活周遭行動不便的人。父親擔心他近期失斤兩，瘦了好幾斤，我說他膝蓋不好，瘦了才好支撐。父親沒看過《不老騎士》紀錄片，這部弘道老人福利基金會，在二〇〇七年發起「挑戰八十、超越千里——不老騎士歐兜邁環台日記」，正視老、以及老了怎麼活。

岳父看過，獲得激勵，買了台萬一不小心摔車、自己都搬不起的重機，邀上小舅子，上山下海趴趴走。一位八十歲劉姓阿嬤二〇一九冬天，南北騎乘超過千公里，十八天完成環島。老人家騎車百里已經有一點狂，何況環島？子女擋不住阿嬤意志，她說放心，她會一路騎一路拜，行路萬里都有神在。

我不會開車只會騎，曾載母親到幾處廟宇拜拜，備香燭蔬果，阿嬤的祈禱必跟母親一樣了，千萬句禱告，沒有一句給自己。

報稅期間，母親給我的捐款單一堆堆，這是我的一堆堆，兄弟姊妹自有他們的一落落。環島阿嬤單子也不少，三五百、一千，添香油錢是她的環島地圖，她的不老很暗示，香火傳遞，如同我還難以接受的老，已等在路上與我會合。

老、但不老，是他們寫在路標上給我的微笑，且烙下最新的「寶」字。

移動的餅

秋節前，中醫師林月慎、陳怡如備豐盛菜餚，款待不說，臨行前還贈予自家栽種的地瓜、南瓜，我的提袋都已深沉，還眼巴巴望著茶几上的餅。月慎老師眼尖，慷慨地說都帶走、都帶走。愛吃鬼必定臉皮厚，我真的不客氣，搜刮不剩。

對餅的喜好來自於它滿足童年的我，對富庶情景的想像，紮實飽滿的內餡直比山珍海味。每次逛老街，特別留意餅店，當我知道新莊有一家老順香糕餅店，歷史達百餘年之久，不禁心動訪之。

餅店創立於日本時代，難得地與老闆攀談，王姓老闆說，店內特產是鹹光餅，餅的歷史得從明朝戚繼光將軍談起。戚繼光是征伐倭寇名將，為讓兵士便於攜帶，在餅的中間挖一個洞，以繩穿繫，便宜在長征時攜帶。我曾在馬祖吃過，做得紮實，沒吃幾個便飽了。承平時期的餅，自有承平時期的做法，不再厚實如征戰時光，且和了奶粉、糖、白芝麻，改了配方，惟獨留下如銅板大小的圓圈，彷彿一個回憶的窗口。

鹹光餅在新莊演變成民俗的一部分。它是每年五月初一，地藏庵文武大眾爺平安祈福日跟生日繞境的必備之品。以前常把鹹光餅串成一串，掛在八家將脖子上，讓百姓上前搶來吃，稱為「打八將」，後來由廟方或祈福還願的民眾購買，經法師開光，再於出巡時沿街分送，道是吃者平安，鹹光餅在新莊，又稱「平安餅」。

農業社會時代，食物的保存跟攜帶煞費思量，糕餅可以兼顧，保存後也不失原有風味。而今，多數謀生行業也許不需要大規模移動，往來之間以餅餽贈，彷彿彼此提醒，莫忘先民辛勤勞動。

青年嘆世紀

連續好幾年，我應救國團邀，於每年五或六月，評比各縣市《青年世紀》。它們為雜誌定位、擬定編輯方向，再化為內容，發揚地方產業、彰顯學校特色、報導優秀教師、刊載學生作品，內容精采，與時俱進。

評比時，常忘記身在評審會場，而是個讀者。

五年級生認識《青年世紀》，多始自高中，學校定期發放。「反共抗俄」時代，踢正步、唱軍歌，國慶時戴綠帽齊聚介壽路（現在的凱達格蘭大道），排列中華民國萬歲、蔣總統萬歲等字樣，成為時代面貌，班會不只票選聯誼學校、繳交班費，也響應自強運動，紛紛捐解零錢，購買大砲、飛彈，鎮守大後方，伺機解救大陸同胞。

《青年世紀》是大時代下的曼陀珠，苦澀中帶來清涼。學校發放很有效率，先到班級再發至個人，每個喧鬧的下課時候，班長站在教室前列，逐排發放。覺得老師上課乏味，或者，年輕雙眼實在無法正視嚴肅的物理、數學時，《青年世紀》因它的袖珍輕巧，常被夾帶，不管講台上的程式、幾何或運動定律如何搬演，隨著各校學生撰寫的大湖公園、林家花園、擎天崗等地，逸遊遠方。

社會轉型與正義，有其歷史淵藪，我常想起救國團自強活動鍛鍊年輕心靈，在風雨飄搖時代，《青年世紀》則為桎梏年紀，預示遠方有路、有橋。

源於學校團購制度而壯大的《青年世紀》，在多元化、自主化衝擊下，雜誌訂量愈來愈少，我在每年評比中，目睹衰疲事實，更常看見，它們在夜晚綻放有光，而當時，台灣的夜晚經常漫長。

赫曼·赫塞文本

名作翻新出版時有所聞，赫曼·赫塞即為其一。年少讀他，不很明瞭他作品中，那些化不去的哀傷或絕望。

赫曼·赫塞一八七七年七月二日生於德國，祖父是印度語言學家，父親還寫過關於老子的書。一九四六年獲頒諾貝爾文學獎，一九六二年八月九日逝世。他一九〇四年出版《鄉愁》後聲名大噪，接連出版《心靈的歸宿》、《徬徨少年時》、《流浪者之歌》、《荒野之狼》、《玻璃珠遊戲》等書。

《生命之歌》是赫曼·赫塞的「小品」，殘缺、破碎、愛情等主題，非常吸引人。他在《生命之歌》提到怎麼看待創作，「我的內在命運就是我自己的作品」、「痛苦和快樂是來自同一源頭」。關於作品論，「在她眼中我和我的作品沒有差別，她愛我，也愛我的作品」、「我感受到它的熱度，它不再屬於我，不再是我的作品」、「它不再需要我了，它已有了自己的生命」。約莫九〇年代，藝文界開始有了作者與文本分隔的說法，我認同也常闡述，至今重讀，訝然發現我所述說的，很可能正是赫塞的腔調。

年輕的一個特色是，很輕易可以找到自我滿足的點，卻也很容易找到任何一個點，就自我厭惡了。書中提及的「殘缺」影射青年人的內在隱晦，尤其我早年罹患口吃，說起話來結結巴巴，難怪當時的天候特別地陰，我的青春期與坐監無異。

經典重讀，不單是文本，也透過與他者的對話，再次審視自己。過去已矣，且被歸檔，但它們也獨立為一個文本，與我們在一個時空中併行，且不時會伸過手，搭上我的肩。

鹽的滋味

有人送我一塊鹽。巴掌大小如座小山，以白為底，但染土色，皺褶與苔癬都有。鹽來自巴基斯坦，我放它在書桌，一瞥見便有人情以及風景。朋友贈鹽時遺漏保養之道，有天書桌上一片汗漬，還黏答答的，我驚訝地找根源時，發覺小山已溶解大半。

鹽山如果真是山，也得提防暴風雨，何況它不真是山，晶體受熱到了某個極點，寫下它的土石流。

一落落堆疊的鹽山，白色金字塔般，排列開來有股浪漫與思古。台南七股、金門西園，都是知名晒鹽場。中國最古老的鹽湖、山西運城的河東鹽池，開採歷史已有四千多年，小時候搞不懂，鹹巴巴的東西，一點都不可口，有什麼寶貝之處？「鹽」含有十六種不可或缺的礦物質，俠士行走江湖、尤其要穿越沙漠時，鹽更不可或缺。

我喜歡舉朱西甯的〈鐵漿〉，陳述新舊時代的交替，兩幫人馬為了爭取鹽運權，拿起尖刀朝自己胳膊、大腿猛刺，以自殘手段拚狠，不服氣的一方舉起滾沸的鐵漿往嘴裡倒，肉身瞬間凝結，發出油滋滋的烤肉聲。他贏得的同時，遠方傳來火車鳴笛聲，河運時代已經往下拉頁。

鹽的歷史綿長，商品架上也多彩多姿，粗鹽、精鹽、玫瑰鹽、岩鹽等，甚至曝晒時已是美景。西班牙亞伊薩鹽田，呈現粉、橙、紫等多種暖色調，玻利維亞烏尤尼鹽沼注滿雨水後，倒映藍天被稱為「天空之鏡」，而浮出的鹽山如一粒粒南部粽。

這一天我想起來，從沒仔細看鹽。它們大小不一，倒在餐盤上，遇水後很快喪失稜角。鹽巴以化了它自己，彰顯它的存在。我想起母親，就是這個樣子。

訪孫運璿

老一代政治人物，除了蔣經國先生，我最懷念孫運璿先生。國中時期，孫先生正好擔任行政院長，多次號召愛國捐獻，五塊、十元都是少數，累積起來就是救國的力量。一個神聖圖騰，青天白日滿地紅，我曾經向它敬禮、為它吶喊，而如今它在任何地方，都委屈，彷彿做了什麼羞事。

我曾經獲得遠東集團支持，製作雜誌專題，親訪孫運璿院長，南海路上，我站著、他則坐在輪椅上。一個老人家把塵事都讀老了，便沒有不可說的，不同的是不提光榮，而揭櫫自己沒搞對的電子化經濟政策，不時停頓、思考，思緒在遠近兩頭移動，積極肯定張忠謀等人，觀瞻前衛，把台灣帶往不同風景。他的誠實、剴切，讓我心疼。

多次宴會閒聊，我們都感嘆如果孫院長不曾中風，掌舵中華民國，飛彈危機、中共圍堵台灣等，很可能都不會發生了。對於沒有走上的一條路，跟人生一樣，總讓人臆測、懷想。

因為氣氛肅穆或者不敢高攀，當年親訪沒有留下照片，或許正因為如此，每次到孫運璿紀念館，訪談點滴如昨日，而當年採訪者是備受文壇器重的王盛弘。台積電文學獎頒獎、《聯合報》文學沙龍都擇在此處辦理，我當過致詞者、主持人，幾乎都會提到孫運璿。有時候當個老實觀眾，看十八未滿的少年、少女，上台說文學與他們。

想當初我也是這樣走了過來。「想當初」，是多麼惹人惆悵的一個詞。頒獎後下午茶，評審老師跟得獎學生，怯生生取用點心與咖啡，沒有台上、台下差別時，喜歡文學的人都一樣害羞。走出紀念館了，很秋涼，我拉攏被吹散的衣襬。

台灣的海呢

讀須川邦彥《無人島生存十六人》，讓我想起台灣的海。小說敘寫的年代，是在十九世紀末。那年頭，配備引擎動力的輪船尚未普遍，而仰賴人力與船帆，對抗多變的海。

中川倉吉船長與十五名船員，駕駛「龍睡號」，本想在船隻冬天避寒的時候，驅向南方溫暖之海，說不定還能撿些龍涎香等高經濟香料，沒料到擱淺礁岩。幸好船長指揮若定，在急難中發揮團隊力量，終於得以安全歸返。

隨「龍睡號」啟航的，是百年前的海。那年頭，可在海上或者無人島，撿拾龍涎香。作者須川邦彥把百年之海移到眼前，它的富饒，比照生態破壞的當下，是神話也是理想。但願我們能把海跟天，都一一修復了，再給地球跟後代，一個富有的傳承。

海的知識也有趣。比如在船上吃白米，易得腳氣病，必須吃麥子飯。用毛毯而不用棉被，可提升寢具衛生，降低感染。海龜的肚子裡存有幾公升的清水，發生船難時，可以依賴海龜維生。發現島嶼，船夫慣說「中了」。

對日本等環海國家，海洋是開放的，所以有各種可能，但近代的台灣海，經常是關閉而危險的。它阻擋了島民的冒險求進，規範了天空的面積，海洋文學在台灣，得到了上個世紀末，才漸漸描繪它的面貌。

我的故鄉在金門海濱，常被誤會我泳技高明，實則相反，聽聞者常常不解，「你以為金門的海是用來遊戲、游泳的嗎？」現在當然是了，還能搭舞台辦演唱會，以前的海被地雷包圍，每隔幾百米設一個崗哨，監控藍藍的海。

當時，海的自由只有海知道。

趨光量測

我可曾像兒子，強烈希望成長？孩子從小不斷喃喃，何時能有自己房間，述說不像哀求，而反覆叨念即將長大的事實。孩子願望終於實現，我整理客房，添購一架上下舖的床，他馬上邀請堂妹小住，棄安穩舒適的地板，爬上床鋪頂層，說著在那個年紀才有的話題跟心事。

為節省電費，孩子仍與我們同眠一室，房間只餘名義，為證明房間真是他的，把書籍、書包堆置房間，狗以特殊氣味宣布領地，孩子以擺滿個人物件宣示屬地，我暗自莞爾。

孩子房間原是「客房」，通風跟採光都好，也是他出生後的入住所。當時幾週大，體重近四千公克、身高五十多公分，靈魂寤寐、雙目模糊，不知道鼻是鼻、眼是眼、手是手，臉頰處常見抓痕。半歲時孩子四處爬行，又幾個月站立學走，門柱開始留下成長痕跡：四歲一〇一公分、六歲一一六、八歲時快一百三十公分。

我也有專屬的量測門柱，最早在三合院老家，我與春聯的第五個字等高，稍長後是在父母家，十六歲時一米五，到十八歲倏然拉長二十公分，之後幾年，再艱難地拉高了些。不長高後，期待孩子長高，他有陣子特愛紀錄，常站上門柱量。我說別一直量，時間短看不出長進的，孩子不聽硬是要量，門柱上記了身高跟量測的滿滿紀錄。

孩子的量測停止在身高超過我那一年。他高三了，那一天仍如以往，相偕出門，進電梯時，瞟了一眼我的頭皮。

預期不長高後，除非健檢，再也不會沒事量測了。量身高這事，在年少時趨向光，年長後或許也是，但瞄準黃昏。

相遇毛小孩

巷子幾隻貓，對兒子靠近撫摸甚少防備。貓，隨意吃睡、蹓躂公園，都自在。豢養者也自在得很，按時在門前淺碟放置飼料即可。這是一樓住戶的養貓特權，二樓以上要養毛小孩，只得放屋宅。

對毛小孩素無好感。曾與野貓在老宅閣樓相遇，一個擦身便過給我無數跳蚤，三姊對一件往事記憶深刻，野貓晚上潛入家裡偷魚，被發現後逃不擇路，跳到我身上。我一定驚嚇過度決意忘記。

前線的狗不用來寵愛，作為看門，有時候可能得與半夜潛入的水鬼搏鬥，所以都兇猛，對陌生氣味高度警戒。我的童年記憶有幾個景片難忘，狗呀，追在我腳後跟，牙齒冷森森，嘴巴流涎。

兒子養貓，不知道跟童年有沒有關係？那天如以往，牽他手走紅磚道上學，一只紙箱放在道上，裡頭一隻巴掌大的花斑貓。該是餓了或渴，憑藉本能撐起身體。我沒有停下，因為快遲到了，而且牠那麼可愛會被收養的。第二天同個地點，沒有箱子了，小虎斑鬆軟趴倒，身上淡淡的塵灰。

我拉緊兒子疾走，希望他沒看見。兒子常試探他能否養貓，我沒有百分百反對，但提出過敏、穢亂等不便，兒子竟已暗中偷渡，三月初領養兩隻小貓。一花一黑在籠子內，害怕地藏起自己。疫情升級期間，我哪裡都沒去，與兩隻貓一塊，餵食、清掃、整理環境，貓奴就這回事吧。

貓常激烈追逐，反應快很少撞倒物件，有回玩得激烈，以我大腿為踏板躍起，飛快地三條血痕。我情緒陡起，「不要這麼皮！」牠們能聽懂我的斥喝嗎？

我想起小虎斑，靜靜地，幫自己敷藥止血。

有鼠的下午

電影散場後，與孩子踱步城中市場，沒有一攤吸引孩子駐足。很瘦的孩子，消費欲望也是，我調侃他，還好每一個人都把過年當大事，不然經濟就垮了。

沒走累，但就歇著吧，坐公園石椅，風吹來無事、雲朵來去也是，只有松鼠忙碌，跳上跳下，被摘折的樹枝與葉，輕飄飄遺落。兩名女孩不知道松鼠在樹上，玩著自拍。陽光篩落，光線時陰時陽，擺腰、挪髮、做表情，半小時已過，兀自玩耍。

如果出現的是老鼠呢？我問孩子。可以預期，會有一陣尖叫。

樹梢間活動、溝渠中謀生，鼠種與覓食慣性，注定了鼠命，且老鼠病原多，六〇年代，政府為解決鼠患，祭出老鼠尾巴換銅板，編制各樣捕鼠器成為許多人的共同回憶。

攝影師賽門．戴爾沒有撲殺花園裡出沒的老鼠，反倒依著樹幹打造小城堡，大門有方、有橢圓，門前用紅蘋果、綠棗子，排列有趣圖案，他捕捉老鼠神情，在自家花園上演卡通。

沒有黑臭水溝當背景，鼠影不鬼祟骯髒，有一隻鼠鑽出挖空的橘子，小心嗅聞外頭小麥黃的草，黝黑雙眼如鑽閃亮。

我為兒子述說老鼠趣聞，滑手機，秀了張報導照片：老鼠住家屋頂，綁上金色蝴蝶結，旁邊還擺了輛玩具重機。我們齊聲驚嘆。賽門・戴爾用他營造的環境跟相機，改變了鼠輩既定印象。那真是一個快樂的老鼠家族哪。我們不約而同看著不遠前的排水溝，都明瞭，此地不宜鼠輩出沒。

看了松鼠、說了老鼠，跟兒子離去時，兩名女孩還沒拍足。

再一片樹葉在空中，飄得冉冉。

回頭記得貓

與我不同，孩子很有動物緣。尤其是貓。有時候偕行，我會等他逗弄鄰居那隻金色條紋貓。貓仰頭讓孩子搔癢，不排拒孩子的手逗留如微風。還沒完。巷子深，野貓歇息車頂或屋簷，留意到注視，翻過身來警戒，一貓一青年，有條難以進入的結界。

我是被貓、狗害苦的人，在成長的鄉間，多次被狼犬又吠又追，於三合院閣樓與闖入的野貓不期而遇，驚嚇之餘，被貓過繼了牠身上跳蚤，渾身抓得腥紅。不過，我無法拒絕孩子幫遠遊的同學代養幾天貓，也許這是一個機會，讓他知道養貓甘苦。

小貓來了，三房兩廳的空間不同主人租賃的套房，放出籠子興奮又跑又竄，對事物與空間的好奇，讓他忘記環境丕異，我不禁調侃，「看哪，一隻回頭就忘記主人的貓。」

難道，記得會比較好嗎？我曾期望豢養一陣子、為牠治療腿傷的八哥能記得我；小時候每天為牠提水、拿飼料的牛能記得我。牠們通通不記得，飛出去後，翅膀屬於風，吃草時，牛尾巴左搖右擺只記得趕蒼蠅。

美國緬因州一名漁夫二〇〇五年，於海上工作時，一隻海鷗飛到甲板，幾次試圖振翅都無法如願，摔回甲板，牠受傷了，漁夫調頭回陸地，捧著海鷗送進野生動物中心。傷好了，也是分別時刻，在牠受傷降落的甲板野放，目睹海鷗飛遠，漁夫必定與我同樣感慨。

沒料到後來漁夫出海，被他命名為「紅眼」的海鷗都能夠找到他。人、鳥與海，彼此沒有言語，又處處是浪。

代養幾天的貓送走了，牠未必記得我，我在清掃時，倒還能找到牠嬉戲時遺落的幾粒貓砂。

因為朋友是客家人

我在一九九九年擔任《幼獅文藝》主編，難得地踩在許多分界線上。文化總會新春文薈、經濟部社區參訪、客委會桐花節等活動，放眼望去，很難找到比我更年輕的了。我跟隨眾人感嘆，對啊對啊，應該多找年輕人，實則內心竊喜。

因為朋友是客家人，且任職客委會，我多次參加桐花祭。同行者有作家、記者以及能說流利客語的承辦人員。客家人心事跟離島人類似。朋友說客家人，常會隱匿自己出身，他曾在公開場合以客語交談，鄰人投來異樣眼光，讓他跼促。不表露客家人身分、不說客語，是從小就養成的習慣，求學時期萬一非說不可，也只是小聲說。他在閩南生活圈中舉措小心，深知任何文化發展，缺乏尊重跟包容，只會變成沙文主義，像是「閩南沙文主義」。

我不由得對比我經驗過的「推廣國語運動」，以及現在「流行」的「說台語」風潮，兩者雖有形式差異，本質上一樣霸道、排擠，使我客家朋友必須收起客語，改說台語跟國語。

事過境遷，我不再是藝文聚會上最年輕的與會者，而當紅影集《茶金》，客語、閩南語、日語、國語混搭，突顯那個年代精擅語言的重要性，人人都是一個語言平台。桐花祭已經改頭換面，多委由公關公司承包安排，作家、記者與主辦單位一起賞花、品茗，難以復見。

不過，我若演講地方文學或社區營造等主題，有時候還會是做一個調查，詢問在場有沒有離島居民、原住民以及客家人。同學們猶豫了，我便率先舉手，這時候，便能看見舉起的手，從南或北、由左與右，緩緩地舉高了來。

空袖的人

我曾有個鄰居斷一臂，秋冬與他擦身而過，長長的袖管垂落，幾次樓梯間見，攀談些柴米油鹽，總覺得他不完全在這裡，而在背後擱著什麼。哪是他的錯呀？然我無法不去留意他的袖管，又有所顧忌，每回想問緣由都打住。

秋冬沒問的事，入夏後更難開口，袖管短了，裸露斷截的傷，以血為焊、以肉填肉，猙獰的筋滿滿密布。為了讓心事露尖，不硬悶著，我跟哥哥嫂嫂聊起，他們是老實人，不打探是非，竟也不知道。幾年後哥哥與我都搬離，偶爾經過，樓下玻璃店、對面文具行已經歇業，三樓鄰居該也不在三樓了。

二〇二〇冬天，我被一張照片吸引，一位失去雙臂的女人走上服裝伸展台。她叫雷慶瑤。出生四川，三歲那年爬上電壓器撿拾飛高的紙飛機，遭電擊，從此雙臂沒了。她沒有放棄人生，用腳打字、寫書法，游泳比賽還能得名，主演《隱形的翅膀》勵志電影，被譽為「東方維納斯」。她受邀走秀，故意穿無袖衣服，向世人昭告失去並不可怕，她表示，人生在面臨失去、面對各種不完美，但在不完美中，可以重塑自己。

她身著咖啡色上衣、青色蓬蓬裙，目視遠方，斷臂必然引起騷動，每一個人留意她醜陋、不經掩飾的傷疤，再凝視她帶著傷痕向前行。這一路上，辛苦必然、冷嘲熱諷也必然，她都一一對陣，放下它們勇敢做自己。

倒是我，與鄰居在樓梯間見，他都已放下斷臂遺憾，日常與工作都無礙，我竟彎身撿了起來，卻沒撿得乾淨。還好，雷慶瑤幫忙撿了起來。

住在紙箱中的人

寒流來襲，只宜留一點窗縫，躺下後，頸項依舊冷颼。冷也是爪牙，看似已經關好，實則無孔不入。我一度懷疑，水泥與磚牆外牆，遮風程度可能比不上東京街頭騎樓下，那一頂頂紙箱。

行旅東京，第一次目睹規模龐大、無家可歸的「露宿者」。日本是亞洲最早晉升「已開發」國家的先鋒隊伍，科技領先亞洲幾條小龍，加上曾經統治台灣，日本文化、日劇通俗綜藝等，在九〇年代成為風潮，多少追日族跟上《東京愛情故事》風潮，到拍攝地點模擬男女主角拍攝留念，而我當時擔任雜誌社主編，也設有書寫日本專欄。

二〇二二年春天，東京都二十三區公布查訪三百二十名「露宿者」的報告，他們平均年齡超過六十五，半數有工作，月薪約莫台幣一萬兩千元，九成露宿者在固定場所生活，約三成選擇河川地。為什麼成為露宿者，兩成表示「破產或失業」，半數受查者對未來沒有期待。

會關心這則新聞，肇因目睹露宿者起居，且在寒冬。再是如果有輪迴，我可能有幾輩子曾經漂泊，經過露宿者時，除了打量他們，我竟在悄悄物色哪一處更能遮風避雨，又不會太吵，而萬一惡少半夜惹事，還能夠集合力量對抗。然後，我便找到理想的棲息地。

我一直想像紙皮箱，能夠抵禦多強的寒氣，而當一個人什麼都不願、也不要了，蜷居已是滿足，是什麼造就他們各自的紙箱？

狹隘紙箱不允許翻身，尤其寒流來了。但我的床允許翻身，終於起身關緊，棉被拉到唇間，頂住鼻頭，再把棉被更往腿邊塞。我閉上眼，感恩愈塞愈暖的歲月。

縫牢的鈕扣

九〇年代已經走遠，始終覺得它近，因為老記著便記得牢，像顆鈕扣，沒事穿針引線縫它。我這兒談的，是記憶中的北京城，一九九三年七月到訪，盤桓近兩週，到現在胡同都糊了、高架橋都高了、地鐵真的走進地底，一部分的我與老北京一起沉睡，堅持地不想醒來。我的戀舊猶如一粒疙瘩，化不開，很容易變成一種病。

當時與大陸朋友見，經常互相探底，聽說台灣同胞餓得只能吃香蕉皮？我說，你們才吃吧，而且還啃樹皮？香蕉皮的味道真這麼糟呀，兩岸互相抹黑揑造，總是中招？總說我得試試，嚐嚐這謊言的味道，但香蕉總是一滑溜吃完，果皮很快黃了、黑了，正如一個畫謊的人。

北京初旅有許多難忘，一次是導遊、司機與朋友共六人，吃水餃數斤、酸辣湯多碗，只花四塊錢。四塊錢，難忘；以斤兩點水餃，難忘。到新疆村吃牛肉麵，麵一碗四元、肉一碗四元，肉與麵成本不同，竟賣一樣價？約莫吃肉上火，看見小販推著一牛車西瓜，竟然全都買下。十多顆瓜，約莫就是十多塊錢，當然吃不完，送導遊、司機，送飯店服務員。

那年也不是初次到大陸，更早幾年，曾到過國父故鄉翠亨村，站在幼稚園牆頭張望，一個五、六歲女孩正巧望向我處。我拿相機拍。幼稚園區狹隘簡陋，滿滿的小朋友幾無活動空間，園區經營者未必願意曝露寒愴，所以我拍了，也很快放下鏡頭。

大陸去過更多回了，我老是調動記憶中的大西瓜、酸辣湯以及被我拍下的女孩，對比今昔。對比不是目的，而在珍惜時間溜逝，遺痕的記憶。

羅斯福路安全島

台電大樓一號出口，過馬路往耕莘文教院，綠燈時間必須夠用，它不僅左向右向兩條馬路，還有距離十來步的安全島。台北市馬路有寬敞安全島的不多見，敦化、仁愛是綠中之綠，安全島更比馬路寬敞，我幾次拜訪仁愛路朋友辦公處，常流連於青翠與落葉之間。

天空允許層次。先是綠、淺綠，輕盈中帶有蝴蝶姿勢，而有些綠接近黝黑，與乾裂的樹皮沒有兩樣。它們靜靜篩落藍天，落到地上的陽光常有幾何形狀，如果風動，影子們搖晃，不知該說是樹舞還是光之繽紛。它們與落葉給我生命的實像，亮的、輕薄與重，都有不同質地。

我不是沒算好可以通過羅斯福路的綠燈秒數，是那一回，故意留置安全島。向右看，有一突起水泥物，挨著它生長的樹與草都必然有名字，只是生得隨意，失去章法。距離綠燈秒數還長，我轉身專注睇看。它們當然不比仁愛路，植栽寬敞還能散步，如果踏進眼前樹叢夾縫，衣服會被勾著、胳臂可能劃傷，狹隘逼仄，連松鼠都難以生存。

沿水泥物滋生的植物，不能說是公園，我好奇該如何定義它們。我瞇眼，細看亂叢底部起伏，沒有獸跡，當然不可能有鞋印，儘管只是幾平方米長寬，但愈往裡頭天光愈暗。是竹子吧，亂叢漸深處，幾莖樹根帶有瘤節，或許旁邊那株是榕樹？再往後裡頭，我看不到樹身而必須墊腳看樹冠，懷疑可能是欒樹。

路口遇見荒野，在人來人往的街衢。綠燈亮，我必須走了，羨慕它們的自生自給。他們不用考慮給人散步，但諸多泥隙土縫，我都依稀覺得，有誰走了又走。

長與短的冒險

演講有兩種，一種自由命題，講者提供題目，一種是指定考，主辦單位規劃好主題，再行分配。我有一個演講題目，「由短入長，片段回憶到完整人生」，就是後者。

多數人寫作習慣「短」，難以「長」，我定了幾個大綱，「只能寫短的人——我要如何寫長」、「只能寫長的人——我要如何寫短」、「短與長的意義」。

當下華文創作環境，依稀認為「長」等於好，至少，作家有能力證明他可以「長」。甫獲得諾貝爾的莫言以長篇聞名，幾次兩岸參訪，大陸作家甚至有「短篇不過夜、長篇不過月」的完成指南，速度之快讓人咋舌。

台灣也注重長。寫長篇小說，代表作者對主題與風格藝術的駕馭，還好並不像大陸，一味追求長。兩岸對長篇的看法不同，長篇小說定義也不一樣，台灣長篇多定義在十五萬字以上，這篇幅在大陸卻只是中篇。

與「長」相對的是「短」。網路流行者如部落格、臉書，前者為方便瀏覽，不宜過千，後者為方便朋友讀畢按「讚」，最好是三百字以內，省去多翻頁面之贅。圖文創作，要求更短而不是長，比圖文再短的，還有一行詩、最短篇等，「簡訊文學」業已風靡數年，一則收費訊息以七十二字為主，字數成為徵文規範，雖只掠影一瞥，從容完成它的社會性以及抒情。

文學從短而長，是想說話變多了，這是關鍵與先決條件，若為了長而長，就毫無意義。長、短無關優劣，不同篇幅在各自的美學基礎下，創造經典。

這彷彿混沌理論哪，往宇宙、往內我，無限延伸，也都是窺探未知的冒險歷程。

文學四季

作為文學競賽選手，最期待到得獎通知。我最初抱回的大獎是《台灣新聞報》年度小說家獎，甄選方式特別，年度發表量必須達標才具資格，用意在留住好作品，它且編輯作家得獎專輯，鄭重裱框。那次收穫是認識葉石濤先生，且在我筆記本上簽名。

一九九七年獲得《聯合報》小說獎，郝明義先生擔任嘉賓，我八個多月大的孩子，在郝先生的輪椅邊爬上爬下，他笑得親切不以為忤。《中國時報》於頒獎時辦理「野宴．慢食」，作家獻上自己烹飪的菜餚、點心或甜點，冷鋒雖冷人氣卻熱，得獎者、作家與家屬，或在市長官邸內、或就戶外搭建的洋傘下，斟酌紅酒與佳餚。

二〇一三年底，參加星雲文學頒獎，我想方設法與大師私下見面，答謝大師為《幼獅文藝》發行六十年題字，大師笑得害羞彷彿少年，「如果寫不好就別用……」大師題字的「幼獅文藝」自此成為雜誌標題印行多年。又隔幾年疫情來襲，大師依然出席頒獎，以大師為中心，拍下得獎者、評審與主辦單位的團圓照。

作為選手多年，才知曉得獎者早在公布前即已知曉，在那之前我總在揭曉當天，攤開得獎名單，希望裡頭有我。從選手變成評審，最大的感受是這些豐富厚實的作品中，也曾經有我，必須掙脫其他參賽作品的沉默爭執，並吻合專業讀者審美，才能關關難過關關過。我更珍惜評審的一言片語，陳映真先生就曾經為我作品專文千餘字，天書般讓我琢磨再三。

台灣文學競賽多，四季如春，每一季都是文學季，我很感激沒被遺忘，以評審身分，回顧少年時。

邀稿長短談

當主編邀稿是日常，什麼篇幅容易寫，什麼題材不大有人寫而一旦挖掘了，彷彿搔到癢處，讓受邀者躍躍欲試，不寫都難過。身為作者，我也常收到其他傳媒邀稿，主題清晰嗎、有說清楚嗎、字數與截稿日可都訂妥？

別小看說明文字，許多回腸枯思竭，一遍一遍讀著，文字之間忽然露出細縫，然後光進來，這才獲得拯救。說明規範簡單，但我曾收過一再校正的邀稿函，致歉次數也幾乎「無三不成禮」，讓我合理懷疑，對方假借邀稿搭訕著。

沒有好寫的字數規格，但可能受到作文制約，八百到一千字可能易為。很多人怕寫短稿，愈短愈難。短小的稿件都像一個陷阱，以篇幅欺瞞、以低卑勸進，邀稿的人常說，「很容易啊，三百字不到哪。」

寫短稿，像雕鑿茶壺內壁，形態已然固定，但為了讓茶壺有足夠的空間，使茶葉伸展、滾水呼吸，所能做的就是不斷削薄茶壺。作家在這一刻必須完全專注，一字一句，據理力爭。跟誰爭呢？跟自己爭，十來字的句子濃縮為七、八字，三段併做兩段，唯一不能省卻的，是作家飽滿的文思。作家不在意泡了多少容量的茶水，而在乎是否泡出一壺好茶。

「三百」偽裝成可口的數量，以為這是一塊容易裁切的起司片。答允了以後，才知道這不是起司而是茶壺。

長篇幅邀稿也可以用短偽裝，跟簡白吃飯，他提到邀稿趣談，「五千字很簡單啊，一天寫五百字，十天就寫完……」我想起保險慣用的勸進話術，「很便宜啊，一天才花一個便當錢……」不貴不貴。只是生活中，多少負重以輕為名。

蜥蜴與蛇

草叢間發現蜥蜴，都忍不住小聲驚呼。驚呼自是驚訝，不敢大聲是為了多看牠一會。牠被稱為「四腳蛇」，還好不真是蛇，否則我早逃之夭夭。蜥蜴與蛇屬於冷血動物，吐舌時舌頭都分岔，但喜蜥蜴、惡蛇族，很可能跟蜥蜴的近親壁虎有關係。

別說鄉下了，有一回在高雄中山大學武嶺宿舍，一隻壁虎不知哪裡溜進來，沿著天花板，鬼祟停停、走走。我不驚擾牠，牠的主食是小蜘蛛等昆蟲，正足以幫寢室減污，不過牠非常敏感，我只是起身，身影在天花板晃了一下，牠誤會訊息，急速快跑不說，還真斷了一截尾巴，在地上扭曲。

斷尾求生是壁虎絕活，蜥蜴亦然。我常看到的蜥蜴外表皮膚柔順，身上滾幾道彩色紋路，絢麗無比。最讓人驚喜的是全身長盔甲顆粒，如縮小版的武裝恐龍。角蜥大約是戰鬥配備最多的蜥蜴，唇邊的巨粗紋路有鱷魚的兇猛，後頸尖銳頭角如戰神的配劍，肚腹到尾巴長滿疙瘩，從哪一個角度看都不是好吃的菜色，可是對老鷹、對狐狸而言，能夠獵捕蜥科一隻，可以當作正餐了。

天底下沒有好吃的蜥蜴，尤其角蜥。牠若遇狐狸、土狼，眼睛周圍血管會增壓，血液留在頭部，像有一個馬達不斷加壓，再適時地從眼角噴出血。別說是狐狸，連人類都會吃驚倒退。長得兇神惡煞為了嚇唬敵人，而背上的尖銳頭刺則在鳥禽空中突襲時，會暴脹開來，壯大聲勢。角蜥與蛇狹路相逢，會壓扁身體，顯得乾扁難吃，讓蛇一點進食欲望都無。

蛇與蜥蜴都是冷血動物，不過並不相親相愛，一見面就是生死場。

調緩秋光

年過而立時間加速，過了四十，漸漸能為忙碌找出規律。比如每年二月，我總會收到桃園青年陳主編來訊，邀請評審，約莫就是這個不大不小的活動，扮演裁判，一聲哨音啟動一整年。

春天忙校園評審，夏、秋是機關單位跟報社活動，文學不曾入冬，尤其半百後，我辭了工作，總會有人、有單位，想起遠方的我。我常抬頭看天、看他們，敬謝人生溫暖。

讀年輕人的參賽作品，作品特色顯明，年輕事事新鮮，標點符號的使用上處處「驚嘆」。符號是文章的另一種表情，驚嘆號愈多，情感愈不安穩，驚嘆的效果也被稀釋。再則，文章有兩種結尾，一種封閉，作者直接結論；另一種是開放，作者以景、以情等作結，增加韻味。每個傳神的結語都需要醞釀跟琢磨，多數作者竟草草了斷。

寫好抒情文還有一個特質，必先收斂自己的感情，才能從容駕馭。它的功能像電影導演，又要教戲、又要導戲，主觀、客觀和諧融合，才能成就更好的作品。文學獎徵文潮流也常明顯，《送行者》與《父後七日》帶來的喪葬緬懷，醫療病體的發抒、城鄉地誌的撰寫等，都曾蔚為潮流。

我在閱讀他人的作品中，滾動時光。

以往入秋忙碌稍止，但疫情帶動遠距教學，為行事曆添註許多事，訊息則以不同的姿態，從臉書、Line、信箱等包圍，日子竟難得平靜，念茲在茲的小說常遲了下來。

調慢秋光是必須的。我便安坐下來，與孩子討論美國大聯盟季後賽了。與寫作也許無關，但攸關時間的質地；我的生活也該是一件作品。

魚粥的滋味

至少有三四回，上完文學講座，搭乘高鐵回台北時，都會拎著一位善心學員給我的虱目魚粥。我小心地倒在學員準備好的紙碗中，湯頭已經不熱，而魚粥必須溫熱才能去腥、鮮美，但我能挑剔什麼呢？這是他用小鍋子保溫，不知轉了幾班車以後，才拿到我手中，又再經過兩個多小時課程、半小時接駁，那麼，已經顯冷的魚粥，在起鍋之際，必然熱騰騰冒煙。

有時候課堂上陳述寫作過程，常感謝上天眷顧，才能讓高中時就讀工科、大學讀財務的我，而今竟能把文字變成風火輪，於各地講學。把心頭熱與人分享，還能擁有經濟回饋，怎能不感恩？我的口吃殘疾，也是某次演講後，獲得療癒。女孩帶有梨渦，害羞地走近來，以為要針對課程提問，沒料到報告她的發現，「吳老師，我發現你有口吃……」

聞言大驚，自以為已經掩飾得很好，「不過我覺得，一個大男孩有口吃，更顯得敦厚老實。」我愣得無法置一詞，於今想找到她感謝，也不可得。

講座的逢遇如流水，來來去去，有的成為風景，更多的只是風。

當然我也無法料到多年後，我會因為婉拒推薦某詩集角逐某個詩獎，半夜收到學員來訊，以為久違問候，竟是重提推薦婉拒的事。我左思右想，難道當年，我強硬拒絕會比委婉好？還是我不能拒絕、違背本意，去推薦一本與我當時專業無關的詩集？而且，沒有我推薦的詩集，也無損詩集以及它的作者。

茶都涼了，在苦思之際。茶涼了，本質依然是茶，沒了香氣味道仍在，如同當年半溫的虱目魚粥。

金庸三十六

我的散文集《台灣小事》曾經寫到，「高二那個夏天，我一口氣讀完四十本金庸小說」。細心的主編蕭仁豪來函問，「老師真有四十本嗎，我查到的是三十六本……」

仁豪語氣含蓄、小心，唯恐觸怒我一般。我上網一查果真不假，卻還想爭辯什麼。人對於過失，習慣魚目混珠哪。當時讀金庸沒有按照序號，而是有哪一部就租哪一部。年少讀武俠，我長了另一種滄桑，那是款霸氣，整個江湖都需要我。

我到中華商場買了兩把木劍，一長一短，掛在身側，搭上公車，車廂裡的乘客都顫慄，劍是其一、劍眉其二。我很習慣把眉毛皺成「劍眉」，眉心夾緊，尾梢自然跋扈。

我沒有風清揚可以拜師、沒有九陽真經可以走脈，趁父母都睡了，在客廳點一支蠟燭，劈、劈、劈，揚起木劍，以劍氣把柔柔燈火，砍得無比肅殺。有年八月訪嘉義李中蓮「嘉嘉讀書會」，在廚師小為的餐廳聚會，正逢朋友生日，蛋糕上了、蠟燭點了，因為疫情不方便吹熄，正想搧滅時，我喊著我來，劍指猛然揮出，燭火應風而止，朋友們震驚喧譁，這才知道我是「練過的」。

學問好的人，該在司馬遷的《史記》領略俠的本質，平凡如我，讀金庸時看到了俠，郭靖的義、楊過的狂、令狐冲的率真、韋小寶的小人嘴臉……我哪一種都不是，只學會耍了那句「人不輕狂枉少年」來搪塞自己。

我老是記得四十，是因為讀完架上所有金庸後，還常到漫畫出租店，追問老闆什麼時候會有四十一集啊？他為了讓我再度上門，都說就快了，四十就此咬住，成為貨真價實的魚目記憶。

宜蘭嘟嘴

我有兩位大學同學是宜蘭人。都是女生，知書達禮，待人懇切，宜蘭的地理人文亦如她們兩位。

跟宜蘭最早的交集在高中，搭車到坪林，沿北勢溪健行，少年郎不知天高地厚，走了幾天，終於走出北縣、宜蘭交壤，驚見太平洋竟在不遠處。再是為慶祝高中畢業，八名好漢從土場、過仁澤溫泉，健行上太平山。天氣炎熱，人人汗流浹背，水沒帶夠、也錯估腳力沒趕上住宿處，就神木對面的廁所打地鋪，入太平山，則借睡廟裡。

多年來試著再上太平山，卻總未如願，一是沒開車上山不便；再是太平山成為遊客焦點，連假期間一房難求。

宜蘭山上瑰麗，山下也不遑多讓。曾參訪頭城農場，受到創辦人卓陳明女士熱情款待，引領參觀蝴蝶花園、豢養的豬圈，解說沿途植物，住宿當晚，作家黃春明駕車同來晚餐。

入夜後，農場幽靜，仰望滿天星斗，依稀時光倒流。

二〇〇八年深秋，公司舉辦員工旅遊，下榻礁溪老爺飯店。難得撇開公務，與同事閒聊愛好跟人生。礁溪老爺把宜蘭靈秀融入設計，我甚至沉迷望著鋼筋，以及陽光與它們的移影。年長了，且歷經許多畢業典禮，早失去年輕時健行爬山的瘋狂，夜眺遠山，時光已矣，卻繽紛亮麗。

兩位同學如今都不在宜蘭，一在新竹、一在大陸，也久未聯繫。再往宜蘭，且路過礁溪老爺，是朋友邀訪一探他筆下的童年天地，那些讓人受傷、又惹人疼惜的事，長成路燈下的野薑花。

車行向前，往事也是，時光珍珠的左與右，能夠記憶時，色澤都圓滾滾，而且嘟嘴。於是我向前，親它一會兒。

北竿鵝舞

馬祖，國土邊陲，要不是這幾年藍眼淚火紅，本島居民對它可能更感陌生，某任行政院長甚至以為從金門划舟一小時，就能到達，實則福建南北，搭乘高鐵也要五小時。

二〇〇八年八月，初訪馬祖，行程最後一天到了北竿。租機車旅遊，老闆硬是不肯出租一天，只允以半天，我們到得晚，只有三小時遊覽，我滿心狐疑老闆不老實，騎上機車遊島，才知道不老實的是路。山路，常常七十度陡峻，上坡，懷疑車將倒退，下坡，剎車拉到極致，車仍顛簸下滑。至此才知，我才是小人。騎機車，騎得心驚膽戰，這是到北竿才有的經驗。

上尼姑山的三二七觀測所，也要克服多道陡坡，觀測所內乾淨整齊，許是駐軍剛撤不久。我們就著所外，拍下北竿險奇海島，看過的朋友都懷疑，那在國內？·不是地中海？

拍照時，孩子拉起衣袖，學鵝，我則學他。

鵝，是幾天在東莒大埔村的遭遇，共三隻，一頭明顯是老大，朝來客呱呱示威。孩子追著鵝跑。鵝，罕看見人，見我們不懼威嚇，霸氣盡洩，一逕逃跑聒噪。二〇〇八年大埔村只住著幾隻鵝，村前海灣雄奇瑰麗，伏流的水域如白蛇悠游，山險、海美，帶領參觀的社區營造者說，計畫把村落營造成民宿，村內屋子設計作餐廳、休閒、住宿等用途，我似乎看見日後遊客如織的樣子。

未來與遊客尚未來到前，孩子跟我懷念它沒有人的樣子，當然，我們也想像它更早以前的人丁美滿、牲畜太平。

三二七觀測所人去屋空，沒有人豢養天鵝，但必定滋養成不同的鄉愁。我從它乾淨的樣子，看見離情依依。

噗噗延伸

誰踩到狗屎了？我坐公車上東張西望，無法判斷元兇。能夠辨識氣味，自然是踩過，忍了三十分鐘下車，快步而行、打卡上班。奇了，臭味還在？低頭審視，真兇是我，問題是何時遭殃毫無所知，自然以為都是他人的錯與臭。

各種動物「噗噗」中，很可能狗屎最臭，極可能難得踩個滿堂彩，所以每有好事發生，總說「狗屎運啊」！真是給狗屎貼金。歸納起來，雞噗、鴨噗都非常臭，而且難以清洗，我有許多個童年時光，都在水龍頭下與它們搏鬥。

牛噗則不然。故鄉耕田的黃牛以及高原氂牛，牛噗都散發草香，只是村頭柴火充足，之後並引進瓦斯爐，沒有人撿拾晒乾，倒是不久後，常在牛噗中看見花呀、草呀冒出芽來。氂牛是青藏高原的寶貝，俗稱「高原之舟」，能夠提供牛奶與負重，連噗噗也妙用無窮。

藏族有句俗諺，「兒不嫌阿媽醜，人不嫌牛糞髒」。牛噗中的黏性被氂牛吸收，痾出來的纖維性物質稀鬆通透，晒乾後發淡淡青草香，用來烤大餅，則麥香與草香合一。藏人有時候趁著新鮮，拍成餅狀，堆在一起像朵盛開的花，也可以作為建材。我以前為了耙落葉，遍訪居家附近每一處野林，我若在高原，肯定得跟在牛屁股後頭，等待黃金雨；所以「寧為牛後」也沒有不妥。

那一回中招非常深，鞋底隙縫以及兩側滿是噗噗殘念，可是我始終想不來。幾個月後我目睹了，一位女士攔公車，生怕沒有位置走得快急，一腳踩上路邊狗噗，她挑好位置，鬆一口氣坐下。踩到狗屎是惡夢，尤其不知情時。

我可以預想後來的情節了。

風景阡陌

我偏愛長巷。兩側房子聯合起來完成它，也似拱護，上午經過巷口，裡頭有淡淡的霧，如果有人走出，經常不是少年，而是有年紀的老人家，推開大門張望，彷彿小說情節翻開了來。傍晚時路燈微亮，分列左右，沒有動靜的巷弄走得深遠。

這是我與城市的小小私密。同行的人當不知曉，每一個巷口都會讓我纏綿半秒。

喜歡阡陌這詞，長巷是它在城市的解釋。遊訪金門的朋友告訴我，你的故鄉不大呀，三兩天就看完。我服輸，金門面積不過台北市一半，我也不服輸，告訴他有一回，騎機車遊金門東半島，整個下午都在沉醉。我騎農村小徑，小麥與野花隔個田埂述說各自顏色、木麻黃與相思樹路側搭肩，有時一望無際，也常路斷，前頭是封閉碉堡或野林，滿眼所及都非常原始。金門東半島，多大呀。

看白沙灣，花不了一分鐘，海與沙灘、浪與潮汐，風景乾脆。下車，循停車場的神祕湖步道而行，上坡、下坡，左轉、右彎，風景有開闊與蓊鬱。那不是社區鄰居發現的步道，但他引領一夥人而來，一公里路，夏日沁涼、冬天凜冽，並有觀景台、涼亭，以及形成生態中心的神祕湖。

不知道北海岸及觀音山國家風景區管理處何時打造步道，但這樣的步道正在形成風景的阡陌。有一回在九份茶壺山頂午餐兼玩牌，以為居高臨下，誰來或不來一目了然，哪知健行者就背後、沿草叢遮掩的小徑而來。

無聲無息。他們的沿途必然也是。風景經常靜默，我喜歡的巷口也是。一駐足，就是看不完的章節。

留言的介質

知名小吃店的牆壁常不素淨，也不安分，媒體、名人上頭簽名，尋常消費者如我輩抽出簽字筆，肖想跟名人擠一堆，又恐唐突。店老闆不制止，還慫恿我們寫。寫吧，東牆與西壁，甚至搬樓梯寫上天花板。

服役時通鋪上下床，我枕在下鋪，上層床板底部寫有「一皮天下無難事」，留言的人深恐經驗失去繼承，寫得奇大，不看見都難。一位黃姓學長以此為標竿，在當兵還非常辛苦的八〇年代，堅強自己意志，與人、與制度搏鬥。更多鬼祟的留言擠在床板角落，有咒罵、有思念，都帶著某種特定的口氣。

金門縣金東戲院已列為歷史古蹟，文化園區尋找擔任放映師的老兵，邀請回戰地談過往，一部放映機塗有幾則留言，「彰化兵」、「文凱」、「盛昌」雖筆跡斑駁，一看就知道是地區與人名，有則刻意隱晦，「TACO、1776T、99.2.1」。

「TACO」該是暱稱、其後的英文與數字又該怎麼解釋？

最吸引人的留言向來不屬廣告性質，我常想起黃姓學長，他瘦弱、矮小，可能再減幾個斤兩就能免服兵役，他操練跟不上、吃飯速度慢，唯一超前的是腦袋靈光。就寢後，他看不見的幾個大字停止漂浮，一個個如咒語，寫進他的腦袋。

有一回在某教授研究室，看見檯燈下幾個字，「加油，你可以的」。藍色字跡已經淺青、鮮明的黃底原色被時光泡製而為慘白，漸漸熟悉以後才好問，那張紙條陪教授度過大學與其後時光，當時哪，「我是每個人都看不起的人……」

留言不單寫在牆板，鑿在心頭的，都具有雕刻的效果。

芳香老虎

《源氏物語》有個情節，王公貴族坐院子，沒有舞蹈、不擺魚肉，百官坐著，品味香爐裡香氣淡淡溢出。品香、品神韻與格調，氣味扣合地位，甚至受賞識被拔擢。味道無形，能成為具體的俸銀。

一個朋友正迷上香味，晚上常點線香。一個人聞、兩個人聞，味道將有分歧，想像一縷孤單長得胖，太香了傷悲都會滿出來。父親家客廳常滿出嗆味。三炷香敬天地、三炷香敬列祖列宗，尤其母親不在了，燒香是橋梁。我知曉父親心意，但冷氣房內六根煙管齊放，嬝美六輕了。父親說不嗆時，我已經兩眼通紅頻頻拭淚。我忍不住說，這是在吸毒哪。

氣味形式不一，特別的是用來療癒，芳香療法萃取植物天然精油，以按摩、泡澡或薰香，讓鼻子吸入的繞轉身軀，最好還能走奇經八脈，濃度高的精油不宜直接塗抹，稀釋了，才好面對天香國色。台北醫學大學且說，芳香療法可使血壓下降，心跳減緩。在香港教導瑜珈的朋友常在課程開始，以精油灑淨、香味作冥想，吸一口玫瑰或檀木，伸手出去，都能摸到樹幹、摘一朵花瓣。

氣味讓內在遼闊，心入住了，煩憂一個一個解。

我煞風景地，把它們一個一個結回來。我們的皮囊，也是氣味場域，幾次與長輩說話，都能聞取酸氣、腐味，它們靠近我也是跨大腳步，當事人無覺，與我愈說愈近。

我無法閉氣太久，呼一口氣。正常呼吸的同時，訝然想起一個人聞香時，我們與崩毀的寸寸逼近。那像是，明知山有虎。

石虎與黑貓

入夜，路燈稀微，讓天光彷彿薄雨後。錄影機守候動物甬道兩側多時，這晚「大貓」終於經過，動物保護團隊雀躍不已，之前有穿山甲與蛇，就是沒有「大貓」。

邱宏洋口中的「大貓」就是石虎，濫捕濫殺後都要絕種了，他把苗栗縣銅鑼鄉竹森村打造為保護區，建立全台首座石虎資料館，在「友善動物傑出村里長獎選拔」中獲得「動保行動獎」。

我說不定在長大的鄉野也曾目睹大貓。難以忘記當時驚恐。牠藏身樹林，體型比村裡野貓大許多，養狗可以看家，養貓只會叼走魚，家家戶戶敬貓遠之。眼前這隻直立威武，眼神銳利接近殺氣。逃走的是我。

我們慣以逼近跟占有，驅逐心頭不安，當外來動物對人身產生威脅，便有滅之而後安的強迫性心態。邱宏洋指出石虎的主食老鼠，人類濫用農藥導致老鼠被毒死，只好找上飼養的雞鴨，石虎成為江湖大盜，正是被逼上梁山。

我無法成為第二個邱宏洋。我怕呀，怕與野生動物面對面，怕毒牙跟利爪，但看到邱宏洋保護石虎、荒野保護協會為山麻雀製作家巢，且細膩地留置排水孔，見證人類向前踏進的這一步不是入侵，而是愛。

夜半，我受報導影響，看見家中黑貓蜷曲睡覺頗為可愛，摸牠前額。牠一驚，前爪飛快劃來，瞬間我的手背血跡斑斑，都豢養一年多了，還認生抓人？

山麻雀無視製作鳥巢的人，而他們不在意誰知道，或者不知道。我喃喃地說不怪你、不怪你呀。黑貓翻個身，無視我的傷痕又睡著了。止血後，爪痕清晰，或者這是石虎或黑貓，在我手背留下兩道申論題了。

角落裡

書籍與CD是我最常吹噓的兩件物事。花去三十年，收藏書籍幾千冊、CD幾千張。忘了誰是藏書的帶頭大哥，音樂卻是重金屬樂團「克魯小丑」（Motley Crue）起的頭，買的還是卡帶，聽壞又買CD。書跟音樂，一個安靜、一個聒噪，卻一室兩治，和樂融融。

有次利用午休，從杭州南路騎車到公館已倒閉的「派地」唱片，買了「珍珠果醬」（Pearl Jams）還有「多啃」（Dokken），再火速騎回公司，打下午上班的卡。行色匆匆，就為了滿足收藏跟聆聽，讓它們，在此時此刻那裡都去不得，在櫃子裡等我。我被占有慾跟痴迷狂占據了，這個行徑背後是一種癲、一種瘋，而如果沒有可以癲、可以瘋、可以痴迷的事物，又哪來一個人的幸福？

一個人的幸福，常常無法分享，它們就在那裡。那個角落。

那個角落容易滿溢，書房、臥房、客廳、玄關、廁所都有。我把CD按字母歸檔，冷僻的、沒那麼喜歡卻又捨不得販賣的，則擱置暗地。書的命運還慘一些，有的已逼至陽台。許多個夜晚，坐書桌前，放音樂、讀書。除非趕書評跟報告，否則，我的讀書速度非常緩。緩慢中，時間暫停，所讀的每一字、每一句，都像作者現身，默默吟念。字句的、情感的聲音都真確了，它們不屬於耳朵，卻迴響在心裡跟身體。它們不被搖滾干擾，也不去左右，他們是聲音、是光，打上我的臉，成為我的吹噓。

書籍們知道，十之八九都被我冷落，CD們也知曉，十有七八我都不解吟唱的內容，他們一定明白，到底是誰被放置角落。

調書袋

我讀書不過幾斤，感觸深的文字很少筆記，「調書袋」於我便非常少，以至於「調」，到底該做「掉」還是「吊」，都摸不著底。

讀碩士班時，我也愛調書袋，習慣抽離報告或論文中的局部，放大詮釋，尤其清朝文學流派，有一種聲調鼓吹文章要有「童趣」，提倡作家要用本真，看待萬事萬物。提出學說，為流派成形，該是文學有了不足的區塊，試圖提之、論之，呼籲大家重視另一種聲音。

童趣與當下的童話當然不同，而童話之於現代文學，位置冷僻多了。童話提醒啟蒙教育的重要、想像力要如何飛馳奔達、如何從閱讀中獲得快樂，然後，才是意義以及其他，這些是現代文學起點，甚至，也是它的鄉愁。

成人們，都過了相信獅子會說話、豹子會唱歌、猴子可以當偵探、鴨子是國王的年紀了，對萬事萬物失去想像力以後，獅子是會吃人的猛獸，豹子能跟轎車比快，猴子是基因沒變好的動物，鴨子呢？可以做八寶鴨、烤鴨、鴨賞，總之，鴨子只有被吃的份。

想像力被抽出後，動物只剩下動物的特性，我們也吃掉童心，忘了曾經相信獅子是正義的王者，而將軍是豹、軍師是猴、鴨子是傳令兵。世界曾以豐富的色彩盈注雙眼，用它們熱鬧的雨聲，揭示另一個世界，就藏匿在雨聲後頭。

年紀大了，回憶是重溫童年的方法，還有一個方法是看一本童話，順著文字，走回去。神話學大師韋伯說，「故鄉是人首先發現人性的地方」。難得地調一下書袋，把它們掉包，懸吊如一隻掛在驢子鼻頭前，誘使驢子往前走的蘿蔔。

邊角的風標

春天，我收到一則交友邀請，該員臉書名稱不正經，我未予理會。幾天後竟不罷休，說是讀了我一篇小說〈神的聲音〉，想跟我聊聊「聲音」。彷彿不是詐騙？

藝術展現場，我略述與藝術家陳庭榕逢遇經過，她四月到訪金門，尋到我老家昔果山，並找到村頭的風獅爺，我跟她說七號就在風獅爺身後五十米處，庭榕找了又找，門牌排列如迷宮，五號的後邊竟然是十一，而十一的前面不是十或九。

陳庭榕為聲音到金門，蒐集野風經窄巷、大風過樹梢等等或長或短的嘆息，成為「邊角的風標」於士林台北藝術中心展出。

真的不是詐騙啊，入口處的「長浪」系列，動用鍍鋅板、鐵、螺絲等複合材料，雕塑橫陳，既防禦又似遮掩，透空處類似大樓通風管，堅硬本身便容有希望。主題的三支麥克風以不同旋律在展場畫圈，不同圓徑跟高低，劃分疆域。陳庭榕說，天空與地上擁有不同聲音，聲音的記憶微渺，但如果願意追溯，或可在對位跟風切之間，洞悉一些什麼。

那個「什麼」很難說啊，所以麥克風底下繫有佛手。這是我說的。

時至今日，金門雖仍以戰地景點吸引觀光客，然而前線生活已遠，我感謝她願意關注「邊角」，而且是用冷僻的「風標」。

庭榕父親曾服役金門，且在《金門日報》發表小說，庭榕找著當年報刊，挖空一部分、存留一部分。這多像填空，如果填寫了，時間雙向流動。故而我相信，這也是庭榕的追溯之旅，聆聽父親曾經的聆聽，置身並且晉升為一件藝術作品，所以我歡喜自己相信這場詐騙，當時她的名字叫做「胖趴趴」。

一劃道理

大陸朋友過年期間來台，指名遊覽日月潭，我勸他們正逢平溪一年一度放天燈，不如捨日月就燈火？

我且寄上照片，紅燈籠中一抹火光，外頭蝶衣漆寫人間各款祈望，天燈不從放手時開始升空，而在書寫那刻，把內在的不可名狀，輕柔幻化了。天燈冉升，越飄越遠，似乎要到另一個世界打卡。我們一定會微笑。會微笑地看著天燈飄遠，因為遠了就是近著。

我文圖並茂的描述，仍不敵日月潭水。根深蒂固者的確是水，而且流在教科書裡，成為一株生命的歷史，他們說一定得去看看。

無法移轉心志，改為建議行程，莫去遊潭啊，把時間擺在更寬的位置，登慈恩塔，從它的騎樓欄杆眺望遠潭。再選一天早起，趁著天色還沒有醒，走上原木步道，看晨魚擺動潭水。我敘述見過的景觀，尤其霧靄霎霎，淡淡一抹白，輕輕移去人間的塵重。當時我陪父親與家人，趕早起床，預備搭車北返。我們守著路邊一支站牌，貪望凡間天堂。

後來呢，朋友還是遊潭去了，慈恩塔當然沒爬，晨起看日月潭也不在行程內。很多的景點不在它是景點，而在情感上，認同它是風景。

兩岸因為政治與疫情，不再有機會權充旅程顧問，逢年過節彼此問候的次數也越少；甚至名字都糊了，記得姓、忘記名字，或者反之。

我還記得大陸朋友的荒唐規劃，第一天下榻阿里山，隔天入住知本，他們攤開地圖拿筆勾劃，「很近呀。」因為不了解，那一劃短短一公分，跨越阿里山與中央山脈。

我倒是要謝謝那一劃。它讓我想起兩岸彼此汙衊的笑話，「聽說你們沒有東西吃，只好啃樹根、吃香蕉皮……」

南橫用心

我曾經兩度「健行」南橫。圈點「健行」兩字，是因為真的一步一腳印走，時潮演進，鮮有人再做這等苦事了。

第一次在高二，三個少年途經啞口隧道，幾里外的利稻山莊儼然在望，卻被一旁登山牌吸引，「關山嶺，往前八百公尺」。我們竊喜，走南橫賺到百岳，下午四點多了，估計五點出頭攻頂、下山，背包放隧道旁，水、手電筒都沒帶。八百公尺險陡山路，直到六點才攻頂。那是我目睹過最磅礴的景緻，夕陽在更遠的山頭徐徐落，眼前山坳霞影奔紅，世界在安靜中以顏色調製這一天。

年少的腦袋不懂計算，來程已花兩小時，且崖壁埋伏山色暗得快，竟還酖看風景。我指著依然峻峭的山嶺，跟大學同學說，當年哪，我們只好斜切縱走，三十分鐘不到，驚險下山。

大學第二次健行南橫，聯誼的要緊更勝風景，也在日後終於成就班對，一對結成連理，一對則散了。第三次再去南橫則是搭車旅遊，我很高興沿途「傻子」三三兩兩，一步步，走在他們的青春版圖。

二〇〇九年南橫公路因莫拉克風災封閉，十三年後五月一日開放，亂停車、亂丟垃圾，亂象浮現。二〇〇八年我親訪嘉明湖，第一晚住宿盥洗時，被山友忠告上山不要帶牙膏，一丁點的化學泡沫都是汙染。我慚愧低頭，一路上大小垃圾盡收袋中，愛山，首先要虔敬，它永遠不能被征服，爬山像是禮佛，與自己心性相見。

回程，有棵樹橫生路中，自然咧開的樹洞竟被夾放一只飲用水瓶。我拍照後取下瓶子，塑膠瓶，不能成為樹木的血肉。也許每一個向山入口，都該懸掛，「不用心者請勿上山」。

故事裡的夾竹桃

我對有毒植物的了解，來自小學課堂間，老師說了一個故事：一夥人煮好飯菜，要吃飯了，卻發現沒有筷子。老大吩咐小弟準備，小弟走出借住的破落草堂，正巧宅後一排樹，桃色花蕊開得正好，小弟摘取幾截、裁好分段，結果吃完飯後，老師鄭重地說，「七八條壯漢口吐白沫死掉了。」

答案是筷子有毒。有毒的夾竹桃正巧也在教室後面，開好看的花。童年頑皮，連帶刺的棗子樹都敢爬，唯獨閃避夾竹桃。

英國一位四歲的小女童還沒有到了讀書年齡，便少聽了故事，「誤觸英國最危險植物」大豬草（Giant hogweed），雙手比滾水燙過更慘，水泡狀如杏鮑菇。大豬草可以長到六公尺，葉片可達一米五，只要不接觸，彼此相安。

倒是食人花改編做卡通以後，常常身兼動物、植物兩種角色，又能跑又能張開血盆大口。植物還是安靜一些可愛，植物真的動起來，動物可能都要靜下來了。捕蠅草則是靜中取動，它也張大嘴巴，等待果繩、蝴蝶或蚊蟲棲息，上下兩片帶齒綠瓣徐徐關上，依稀溫柔無害，卻把昆蟲帶往陰陽界。

萬物生具本性，帶點侵略自我保護，也常釋放善意，比如微笑與花香，才有相依相存的夥伴。我一直不懂，夾竹桃有計畫地植栽在教室後面，在作為學校的長城，還是一堂生命課程？老師說完故事，按往常問同學，「有沒有問題啊？」我們也按照慣例，啞口無聲。

多年後再回到母校，國小學生與我兒子年紀相仿，我指著已經淨空的緩坡，說起夾竹桃故事。我從未摘折的夾竹桃筷子，無比鮮活，跟我親摘的沒有兩樣。

當過楓葉鼠

我緊張時症狀至少雙重，說話速度奇快、並且結巴，我吵架必然很有喜劇效果，話語如滾如輾，又忽然高速急剎。

面對緊張時刻，男性外顯了，女性猶如面對告白者，不動聲色，卻可能腳筋發抖。有次到中山大學評審，恰是某女作家的初登場，她語調中板、音線和緩，毫無異樣。我坐她旁邊偏頭一看，留意到她整個人如疾風危樹，持發言大綱的手、耳墜子以及髮末，都在高速行駛。厲害的是，沒有人發現。

這是偽裝還是本能？許多生物面對危險會裝死。小朋友興沖沖買了楓葉鼠與朋友分享，從紙盒中倒出，鼠卻躺得僵死，大家議論紛紛，是缺水了、還是沒有空氣？楓葉鼠鼻子靈，聞到了葡萄氣味，一個翻滾捧走食物。我想起在數不清的會議場上，老闆在前列說話，談公司營運、偶爾說說企業之道，的確，記下來有助知識吸收，但我怎麼也不明白同事們如進大學考場，振筆疾書，彷彿趕一篇作文？

我的筆桿子靜默如大榕樹，偶爾才動幾下，這太不敬了，趕緊裝成一枝草。

有一種西印度木蛇更是個中高手，被攻擊時不只翻身裝死，眼角、嘴角以及鼻孔微泛血絲，且散發腐爛氣味，讓攻擊者大失胃口。不過豬鼻蛇就演太大了，遇到危險腹部朝上，翻滾不停，然後舌頭外露裝死。只是翻滾時，又足以刺激攻擊者，像是以活蚯蚓當釣餌，更能吸引魚兒上鉤。

好奇地回想自己的「假裝」時刻。是了，有回肚子疼，但拿起手機當作接一通要緊電話，裝作不想打擾討論，疾步走出會議室。

我也當過一隻楓葉鼠。

國家圖書館出版品預行編目資料

一行波特萊爾 / 吳鈞堯著 . -- 初版 . -- 臺北市：
聯合文學出版社股份有限公司，2024.08
312 面 ；14.8×21 公分 . --（聯合文叢；750）

ISBN 978-986-323-614-6（平裝）

863.55　　113007397

聯合文叢 750

一行波特萊爾

作　　者／吳鈞堯
發 行 人／張寶琴
總 編 輯／周昭翡
主　　編／蕭仁豪
資深編輯／林劭璜
編　　輯／劉倍佐
資深美編／戴榮芝
業務部總經理／李文吉
發行助理／詹益炫
財 務 部／趙玉瑩　韋秀英
人事行政組／李懷瑩
版權管理／蕭仁豪
法律顧問／理律法律事務所
陳長文律師、蔣大中律師
出 版 者／聯合文學出版社股份有限公司
地　　址／(110)臺北市基隆路一段 178 號 10 樓
電　　話／(02)27666759 轉 5107
傳　　真／(02)27567914
郵撥帳號／17623526 聯合文學出版社股份有限公司
登 記 證／行政院新聞局局版臺業字第 6109 號
網　　址／http://unitas.udngroup.com.tw
E-mail:unitas@udngroup.com.tw
印 刷 廠／約書亞創藝有限公司
總 經 銷／聯合發行股份有限公司
地　　址／(231)新北市新店區寶橋路235巷6弄6號2樓
電　　話／(02)29178022

出版日期／2024年8月　初版
定　　價／380元

ISBN 978-986-323-614-6（平裝）